I0641830

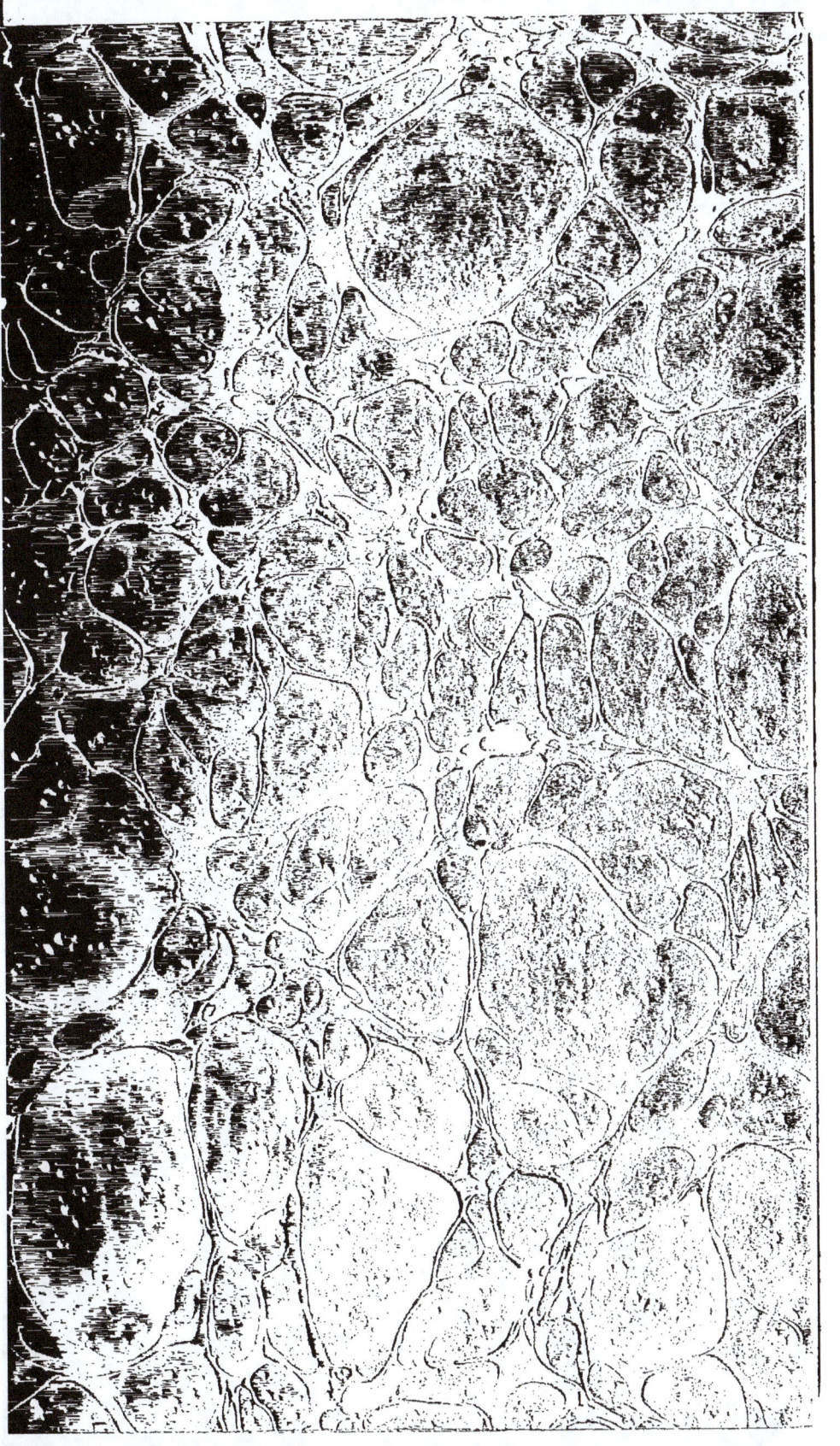

1

POÉSIES NATIONALES

DE LA

RÊVOLUTION.

IMPRIMERIE DE A. HENRY,
Rue Gît-le-Cœur, 8.

Poésies Nationales

DE LA

REVOLUTION

FRANÇAISE,

OU

RECUEIL COMPLET

DES

Chants, Hymnes, Couplets, Odes, Chansons patriotiques,

ORNÉ DE HUIT BELLES VIGNETTES GRAVÉES SUR ACIER,

D'APRÈS LES DESSINS DE H. DELALAISSE.

Accompagné d'un Calendrier républicain.

A PARIS,

CHEZ MICHEL FILS AINÉ ET BAILLY, ÉDITEURS,

RUE DE LA HUCHETTE, 21;

POUGINS, LIBRAIRE, QUAI DES AUGUSTINS, 49.

1836.

CALENDRIER DE LA RÉPUBLIQUE FRANÇAISE

Pour la 2.me Année.

POÉSIES
NATIONALES
DE LA
RÉVOLUTION
FRANÇAISE.

LES ROIS.

ODE

PAR M. LEBRUN.

1783.

Si l'homme dut avoir un maître,
Le seul qui fut digne de l'être,
Le seul qui mérita de seconder les dieux,
C'est un sage, roi de lui-même,
Et qui de tout l'éclat dont il brille à nos yeux
N'emprunte rien au diadème.

Mais ce mortel sublime et juste,
Ce monarque vraiment auguste,

1

Refusa d'un vain rang le dangereux honneur;
  Et sa gloire serait flétrie
S'il eût pu consentir au funeste bonheur
  De commander à sa patrie.

  Ainsi la force aux mains sanglantes,
  L'orgueil aux brigues insolentes,
Conquérans de la terre en devinrent les rois :
  Ainsi leur race criminelle,
A son trône de fer sut enchaîner des lois
  Qui n'auraient tonné que sur elle.

  De là ces publiques furies,
  Ces prodiges de barbaries,
Néron, Caligula, ces monstres couronnés,
  Dont la rage en crimes féconde,
Pour frapper d'un seul coup les peuples consternés,
  N'eût voulu qu'une tête au monde.

  Possesseur aveugle et bizarre
  Du champ public dont il s'empare,
Au lieu de cultiver le despote détruit :
  C'est le Canadien sauvage;
Il coupe l'arbre au pied pour en cueillir le fruit;
  Sa jouissance est le ravage.

Mais si l'encensoir fanatique,
Joint à la hache despotique,
Jure de l'Univers l'esclavage éternel ;
C'est alors que la race humaine,
Sous le poids écrasant du trône et de l'autel,
Rampe et meurt en baisant sa chaîne.

Tel on voit l'animal utile,
Qui, traçant un sillon fertile,
Engraisse à ses dépens son maître et son bourreau :
Sous le joug il use sa vie ;
Et pour prix de sa peine il meurt sous un couteau,
Et de la main qu'il a nourrie.

O toi que la pourpre environne !
Ne vante point l'éclat du trône,
Si tu le dois au sang d'aïeux usurpateurs ;
Mais si, par un libre suffrage,
Tes peuples l'ont donné, ces peuples bienfaiteurs
Devaient-ils craindre leur ouvrage ?

Rois, déposez votre tonnerre :
Implorez l'amour de la terre :
Renversez, détruisez ces exécrables tours,
Ces repaires du despotisme ;

Et sur leurs noirs débris élevez pour toujours
Un autel au patriotisme.

Pourquoi cette guerrière élite?
Pourquoi ce fer du satellite,
Qui place la terreur entre le peuple et vous?
Ah! vos craintes sont une offense:
Entourez-vous des cœurs: monarques aimez-nous,
L'amour sera votre défense.

Voulez-vous mériter l'empire?
De l'humanité qui soupire,
Calmez, séchez les pleurs: craignez de perdre un jour
Condamnés à l'orgueil du trône,
A force de vertus, et de soins et d'amour,
Rois, expiez votre couronne.

Malheur au roc inaccessible
Dont la cime aride et terrible,
De sa hauteur stérile épouvante les yeux!
Gloire à ces montagnes fécondes
Qui semblent n'élever leurs têtes dans les cieux
Que pour mieux prodiguer leurs ondes!

Loin des oreilles souveraines,
O vous dangereuses syrènes,

Vous qui les chatouillez de sons adulateurs !
Et toi, vérité noble et sainte,
Perce à travers la foule et l'encens des flatteurs ;
Parle sans détours et sans crainte.

Qu'à ta voix frissonne et pâlisse
Ce lâche et perfide Narcisse,
Des passions du maître, esclave sans pudeur,
Qui de la couronne éclipsée,
Emprunte effrontément une vile splendeur,
Prix infâme du caducée.

Brise les cachets tyranniques
De ces oppresseurs politiques,
Du pâle citoyen nocturnes ennemis !
Si leur vengeance est légitime,
Qu'à la sainte clarté du flambeau de Thémis
Elle ose frapper sa victime.

Qu'à son tour soit jugé lui-même
Ce juge affreux qui te blasphème,
Et souilla trop long-temps la pureté des lois !
Que la justice réparée
Soit du bonheur public et du trône des rois.
La base éternelle et sacrée.

Éteins les guerres homicides,
Que le souffle des Euménides
Ne fasse plus rugir les bronzes enflammés!
Ferme ces bouches effrayantes
Qui lançaient le courroux des souverains armés
Et leurs réponses foudroyantes !

Il est de ces vainqueurs sauvages
Dont le char traîne les ravages,
Rois dévorant leur peuple au milieu des combats;
Mais il en est dont la faiblesse
Laisse à pas indolens descendre leurs états
Dans le tombeau de la mollesse.

Au sein des nymphes d'Amathonte,
Voyez-les endormis sans honte,
Sacrifier leur gloire aux lâches voluptés;
Et d'Amour esclaves suprêmes,
Sur le front insolent des plus viles beautés,
Humilier leurs diadêmes,

Le trône n'a pu les absoudre :
Ils avaient usurpé la foudre,
Et de l'encens des dieux enivré leur orgueil :
Mais, frappés d'une mort impure,

Ils vont au lieu funèbre où le ver du cercueil
    Attend sa royale pâture.

    O rois ! vos passions sinistres
    Ont en vain de lâches ministres :
Vos crimes sous le dais en vain sont adorés.
    Craignez les dieux, craignez ma lyre ;
Craignez l'affreux remords ! sous vos lambris dorés
    Il vous atteint et vous déchire.

    Autant l'Univers les abhorre,
    Autant cet Univers adore
Marc-Aurèle, Trajan, Louis XII et Titus ;
    Et ce Henri, de qui la gloire
Fit monter sur un trône entouré de vertus,
    La bienfaisance et la victoire.

    Bon roi ! monarque vraiment père !
    Sur la France qui te fut chère,
Jette du haut des cieux tes regards satisfaits !
    Vois Louis calmer les tempêtes !
Vois la fière Albion subir enfin la paix,
    Et nos lys relever leurs têtes.

    Ah ! parmi les règnes tragiques,
    Les jours sanglans ou léthargiques

Qui firent des humains l'opprobre et les malheurs,
      S'il naît de ces ames divines,
S'il luit un règne heureux, en essuyant ses pleurs,
      Cybèle sort de ses ruines.

      Ainsi quand d'horribles nuages
      Sur les mers soufflent les naufrages,
Et lancent sur nos bords les vents, l'onde et les feux,
      Parmi les éclats du tonnerre,
Si quelque doux rayon fend l'Olympe orageux,
      Il console un moment la terre.

      Tyrans ! les nations sommeillent…
      Ah ! si jamais ils se réveillent
Ces peuples souverains détrónés par les rois !
      Si les abus de la puissance
Rendaient à l'homme enfin le premier de ses droits,
      La douce et fière indépendance !

      Oh ! qu'alors ma lyre superbe,
      Rivale des chants de Malherbe,
Aimerait à conter nos maux évanouis !
      Horace a vu les fers du Tibre :
Moi, je verrais la Seine, amante de Louis,
      Rouler une onde toujours libre.

Lalaisse

CHARLES IX.

FRAGMENT SUR CHARLES IX.

PAR LEBRUN.

L'huile sainte a coulé sur des têtes profanes :
De Charles IX encor on déteste les mânes.
L'inexorable histoire exhumera ces rois
Vainement échappés à la rigueur des lois.
O Charles ! il est temps que le crime s'expie.
De ce tombeau royal, sors, sors, cadavre impie !
Oubliais-tu ce jour exécrable à jamais,
Et ce deuil éternel de l'Empire français ?
Aux accens de l'airain sonné par les furies,
Toi-même déchaînas toutes leurs barbaries.
Vois ce Louvre encor teint d'un massacre odieux,
La Seine regorgeant de meurtres sous tes yeux,
Et ce tube enflammé, complice de ta rage,
Et ton affreux sourire insultant au carnage.
Roi-bourreau ! criminel de lèse-humanité,
Qu'oppose à ce forfait ta vaine majesté ?
Tes gardes, tes flatteurs, ta couronne est en poudre ;
Rien ne peut te défendre et rien ne peut t'absoudre.
Contre la Nation, lâche conspirateur,
Devant tout l'avenir mon vers accusateur

Traîne sur l'échafaud ta mémoire insolente,
Du meurtre de ton peuple encor toute sanglante ;
Et sur ton trône affreux je grave de ma main :
De ses propres sujets Charles fut l'assassin !

LES PHILOSOPHES.

PAR LE MARQUIS DE XIMÉNEZ.

Fontenelle illustrant Vandale et ses oracles ;
Du siècle qu'il ouvrit prépara les miracles.
Voltaire, plus hardi, déchire le rideau ;
Des superstitions fait tomber le bandeau ;
Accoutume le peuple, instruit par ses ouvrages,
A baffouer l'église, à révérer les sages,
A raisonner de tout ; et , sur l'égalité ;
Pose les fondemens de notre liberté.

Diderot, rugissant au donjon de Vincenne,
Y jura sur ses fers , alimens de la haine,
De chercher des vengeurs ; et d'éteindre à la fois
Les foudres du pontife et la race des rois.
Et tandis que Francklin , dans un autre hémisphère,
Allait ravir aux dieux les secrets du tonnerre,
Le fils d'un coutelier, un plume à la main,
Changeait, dans son taudis, le sort du genre humain.
De là , ce monument, trop imparfait sans doute,
Mais ! l'artiste triomphe. Il a frayé la route ,

Et plus heureux que lui, ses nombreux successeurs
N'iront plus émousser les ciseaux des censeurs.

Rousseau vient. Le malheur fut sa première école;
Formé dans le silence à l'art de la parole,
Il sortit tout à coup de son obscurité.
La lumière, à grands flots, jaillit de tout côté;
L'homme courbé se lève en secouant ses chaînes;
Il aperçoit le jour qui va finir ses peines;
Et, les bras étendus vers son libérateur,
Croit voir descendre encor l'esprit consolateur.

Mably, sans rhétorique, et non pas sans génie,
N'arma que la raison contre la tyrannie.
Né pour l'indépendance, il aperçut l'écueil
Où devait se briser le luxe de l'orgueil,
Embrassa l'âpreté des mœurs républicaines,
Nous montra Phocion condamné dans Athènes,
Mais libre, mais vengé par sa postérité,
Et puisant dans la mort son immortalité.

LA PRISE DE LA BASTILLE,

OU PARIS SAUVÉ.

1789.

CHANT NATIONAL.

Liberté! de la tyrannie
Lorsque l'asyle est renversé,
Je veux célébrer ton génie,
Car mon cœur n'est plus oppressé.
Déjà les Filles de Mémoire,
En dépit de tes ennemis,
Consacrent ce trait de l'histoire
Du brave peuple de Paris.

Quand de mercenaires phalanges
De Paris cernaient les remparts,
Éprouvant des craintes étranges,
On s'agitait de toutes parts;
Mais bientôt cette frayeur cède :
Un sentiment plus élevé,

Liberté, t'invoque à son aide,
A ta voix Paris fut sauvé.

Dans ce terrible et brusque orage,
Sans projet, ni plan concerté,
Que de bon sens, que de courage
Parmi le peuple ont éclaté :
Que d'ordre pour que rien ne sorte
De l'enceinte de la cité :
Des canons sont à chaque porte
Placés avec célérité.

De cent cloches le son lugubre
Est le signal du ralliement.
Lors, des conseils le plus salubre
Se forme précipitamment.
Dans l'enceinte de chaque temple,
C'est devant la Divinité
Que d'une union sans exemple,
Renaquit la fraternité.

On s'encourage, on prend les armes;
Jeunes et vieux tous sont guerriers :
La beauté, retenant ses larmes,
Va ceindre leurs fronts de lauriers.

Sur les ailes de la Victoire,
Ils volent au temple de Mars,
Où d'anciens amans de la Gloire
Se rangent sous leurs étendards.

Gardes-Françaises, redoutables,
Premier fléau des oppresseurs ;
C'est en vous, soldats indomptables,
Que le peuple eut des défenseurs,
Quand son ardent patriotisme
Lui faisait braver le trépas,
Vers l'antre affreux du despotisme
C'est vous qui guidâtes ses pas.

Rends-toi, Bastille trop superbe !
A ce fier peuple il faut céder :
Ton front sera caché sous l'herbe,
Si tu prétends lui résister :
Bravant les foudres despotiques,
Il va pénétrer dans tes cours,
Malgré tes murailles antiques
Et tes huit menaçantes tours.

On vole, on entre en foule, on crie :
On s'élance vers les cachots :

Hullin*, Humbert, Maillart, Élie,
Guident ce peuple de héros.
Déjà quantité de victimes,
Revoyant du jour la clarté,
Des tyrans attestent les crimes,
Et bénissent la liberté.

Arné **, grenadier intrépide,
Avait saisi le gouverneur ***,
En qui l'on crut voir un perfide,
Infidèle aux lois de l'honneur.
Bravement il dut se défendre
Sans qu'on en blâme la raison ;
Mais il avait feint de se rendre,
Et l'on punit sa trahison.
Déjà les bandes Helvitiques ****
Abandonnent leurs pavillons :

---

* Hullin, employé à la buanderie de la reine, depuis général. Humbert, compagnon horloger. Maillard, bourgeois. Élie, ancien capitaine au régiment du roi.

** Arné, grenadier des gardes-françaises.

*** Le marquis de Launay, gouverneur de la Bastille, avait permis que l'on reçut des parlementaires ; cependant quand ils furent dans la seconde cour, on fit sur eux une décharge qui en tua plusieurs. On assure qu'il n'avait pas donné cet ordre. Quoi qu'il en soit, il paya de sa vie cette infraction aux lois militaires.

**** Les Suisses et autres étrangers, campés au Champ-de-Mars.

Paris, du haut de ses portiques,
Voit fuir leurs nombreux bataillons.
O Rome! en héros si féconde,
Quand tu proscrivis tes tyrans,
Tes fils, depuis vainqueurs du monde,
Se sont-ils donc montrés plus grands?

PEUPLE, ÉVEILLE-TOI.

Peuple, éveille-toi, romps tes fers,
Remonte à ta grandeur première,
Comme un jour Dieu du haut des airs
Rappellera les morts à la lumière,
Du sein de la poussière,
Et ranimera l'Univers.

Peuple, éveille-toi, romps tes fers;
La liberté t'appelle;
Tu naquis pour elle,
Reprends tes concerts.
Peuple, éveille-toi, romps tes fers.

L'hiver détruit les fleurs et la verdure,
Mais du flambeau des jours la féconde clarté
Ranime la nature
Et lui rend sa beauté.

L'affreux esclavage
Flétrit le courage;

Mais la liberté
Relève sa grandeur et nourrit sa fierté.
Liberté, liberté!

DITHYRAMBE,

SUR L'ASSEMBLÉE NATIONALE.

PAR J. CHÉNIER.

1790.

Toujours battus des vents, assiégés par l'orage,
Durant la sombre nuit les Français égarés,
　　Courant de naufrage en naufrage,
　　Perdaient les droits les plus sacrés.
Par le choc éternel des intérêts contraires,
Des préjugés rivaux et des lois arbitraires,
Le sein de notre empire est encore agité :
　　Mais vainqueur des noires tempêtes,
　　Bientôt va briller sur nos têtes
Le jour de la justice et de la liberté.

Aux généreux accords ma lyre accoutumée
Frémit de son repos, et, volant sous mes doigts,
　　D'un zèle héroïque animée,
　　Brûle de s'unir à ma voix.
Vous tous, ô mes rivaux, amans de l'harmonie,
La liberté, si noble et si chère au génie,

Aurait-elle pour vous des charmes impuissans ?
 Dans ces fêtes patriotiques,
 Pourquoi suspendre vos cantiques ?
A qui réservez-vous vos immortels accens ?

Si l'on doit caresser l'audace et l'insolence,
Des idoles de cour chanter les vils succès,
 O muses, gardez le silence,
 Taisez-vous, lyre des Français.
Éloignez tous ces grands de nos divins mystères :
Assez d'autres sans nous seront leurs tributaires ;
Qu'ils méritent l'éloge avant de l'obtenir ;
 Et n'allons point, flatteurs sinistres,
 Valets des rois et des ministres,
Déshonorer nos chants devant tout l'avenir.

O vous qui détestez l'orgueil et la bassesse,
Du nom de liberté remplissez vos écrits :
 Instruisez, éclairez sans cesse
 Un peuple de la gloire épris.
Anéanti long-temps sans droits, sans équilibre,
Qu'il comprenne à la fin ce que c'est d'être libre ;
De l'erreur, des abus, soyez, soyez vainqueurs :
 Qu'aux jeux sacrés de Melpomène,
 Les traits de la grandeur humaine
Courent en vers brûlans s'imprimer dans les cœurs.

Ah ! faut-il voir encor dans les temps où nous sommes
Sous des chefs orgueilleux , des peuples sans fierté?
     L'esclavage détruit les hommes ;
     Ils sont grands par la liberté.
Mais si quelque Français, ame impure et flétrie,
Méprise ton saint nom, vierge de la patrie,
Qu'il vive dans l'opprobre, et meure abandonné ;
     Et que la cendre du perfide ,
     Comme une cendre parricide ,
Répande, au gré des vents, un air empoisonné.

Ton aspect réjouit le mont le plus sauvage ,
Au milieu des rochers enfante les moissons ;
     Par toi le plus affreux rivage
     Rit environné de glaçons.
L'immortelle nature à ta voix est soumise ;
Par toi, le jour pesant qui luit sur la Tamise ,
Éclaire un peuple heureux, actif, intelligent ;
     Sans toi, divinité chérie,
     Le beau climat de l'Hespérie
Sous d'opulens rayons offre un sol indigent.

Le fils du grand Pépin, Roi plus grand que son père ,
De tes droits abolis fut le restaurateur ;
     Sous le gouvernement prospère
     D'un conquérant législateur,

On vit aux champs-de-mai s'assembler nos ancêtres;
On vit le peuple franc, ses nobles et ses prêtres;
Tous enfans de l'État, et son commun soutien;
    Et le roi de l'Europe entière,
    Plein de leur ame libre et fière,
N'était au milieu d'eux qu'un premier citoyen.

Mais, bientôt à la force unissant l'artifice,
De ce roi fortuné les enfans malheureux
    Laissèrent tomber l'édifice
    Construit par ses soins généreux.
Le glaive et l'encensoir, rivaux du diadème,
Partageaient avec lui la puissance suprême;
Le peuple fut contraint d'humilier son front :
    Ramper devint sa seule étude;
    Et de sa triple servitude
La nation perdue osa chérir l'affront.

Tombe le souvenir de ces temps sacriléges !
Tombe de nos tyrans la vile ambition !
    Fuyez, injustes priviléges,
    Droits fondés sur l'oppression !
Fuyez, disparaissez des cités de la France,
Antiques préjugés des siècles d'ignorance,
Qui, loin de la vertu, supposiez la grandeur !
    Périsse l'orgueil despotique

Qui de la majesté publique
A si long-temps noirci l'immortelle splendeur!

Les sublimes vertus et les dons du génie,
Sur des mortels choisis versés à pleines mains,
Par une distance infinie
Les ont séparés des humains.
L'existence ordinaire est de quelques journées :
Ces favoris du ciel ont d'autres destinées;
Ils vivent consacrés à l'immortalité;
Et leur éloquence enflammée
Soutien de la terre opprimée,
Réclame, au nom de tous, la sainte égalité.

Mais d'autres, étalant les trésors, la naissance;
D'autres, se nourrissant d'un imbécile orgueil,
A leurs fils léguant la puissance,
Vont trouver la honte au cercueil.
Des superstitions, ministres fanatiques,
Du trône usurpateur complices despotiques,
Brigands toujours vendus aux brigands couronnés,
Ils voudraient retenir la terre
Dans l'esclavage héréditaire
Où dormirent long-temps les peuples enchaînés.

Courage! éveillez-vous, citoyens de la France;
Ne vous flétrissez point aux yeux de l'univers :

Mettez en vous votre espérance ;
Connaissez et brisez vos fers !
N'imitez point, Français, ni vos faibles ancêtres,
Qui, trahissant le peuple, et lui croyant des maîtres,
De l'auguste nature ont ignoré la voix ;
Ni le délire frénétique
De ce peuple de la Baltique,
Par un choix solennel esclave de ses Rois.

Asservis comme nous, comme nous, d'âge en âge,
Sous un sceptre insolent les Anglais abattus
N'avaient qu'un stérile courage
Et d'insuffisantes vertus :
Leurs destins ont voulu qu'un monarque imbécile
Au sein de nos remparts vînt chercher un asile ;
La nation quittée a reconquis ses droits ;
Et déjà depuis cent années,
Dans ses campagnes fortunées,
L'abondance a fleuri sous l'ombrage des lois.

O Franklin, Wasinghton, grands compagnons de gloire,
O vous à qui la Grèce eût dressé des autels ;
Vous à qui la sévère histoire
Paîra des tributs immortels,
Je ne m'enivre point d'un espoir chimérique ;
La liberté qui luit aux champs de l'Amérique

Éclaira près de vous les regards des Français ;
     Et bientôt des récits fidèles
     Vont annoncer à nos modèles
Les fruits de leur exemple, et nos heureux succès.

Le Russe et l'Ottoman, l'Afrique plus grossière,
Presque tous les humains sous le joug abrutis,
     Au sein d'une antique poussière,
     Baissent leurs fronts anéantis.
Tout sera libre un jour : un jour la tyrannie,
Sans appui, sans états, de l'univers bannie ;
Ne verra plus le sang cimenter ses autels ;
     Et des vertus, mère féconde,
     La liberté, reine du monde,
Va sous d'égales lois rassembler les mortels.

Où donc est ce pouvoir grossi par tant de crimes?
Où donc est, diront-ils, ce monstre audacieux?
     Ses pieds touchaient aux noirs abîmes ;
     Son front se perdait dans les cieux.
Il osait commander ; les peuples, en silence,
De ses décrets impurs adoraient l'insolence ;
Le monde était aux fers : le monde est délivré ;
     Et l'auteur de son esclavage,
     Vomi par l'infernal rivage,
Dans le fond des enfers est à jamais rentré.

VERS

INSÉRÉS DANS L'ALMANACH DES MUSES DE 1791.

PAR LEBRUN.

Oui, le métier de roi veut pour apprentissage
La leçon du malheur et le conseil du sage.
Si dans son sein de fer la dure adversité
Ne sevra quelque temps un prince trop flatté,
Il flétrit ses aïeux, il usurpe le trône.
C'est en vain que, paré d'une triple couronne,
A des peuples tremblans il impose sa loi;
S'il n'a point fait d'heureux il n'est pas encor roi.
La voilà l'huile sainte et l'infaillible marque
Qui doit seule à nos yeux consacrer un monarque!
Le trône a ses devoirs : le plus fier potentat
N'est que l'agent du peuple et l'homme de l'État.

Quand sur un bouclier, dans les champs de la gloire,
Nos pères belliqueux, ces fils de la victoire,
Élevaient un soldat en invoquant les cieux;
Ce roi, né leur égal, eut-il d'autres aïeux
Que son cœur et son bras, ses vertus, son courage?
D'une gloire étrangère il aurait fui l'outrage;

Il devint son ancêtre, et son autorité
Eut le dépôt des lois et de la liberté.
De ses devoirs sacrés s'il a perdu la trace,
S'il n'a d'autres vertus que l'orgueil de sa race,
Qu'il ose remonter sur l'antique pavois,
Et de nos fiers aïeux redemander les voix;
Leurs ombres frémiraient de se donner pour maîtres
Ces rois qui n'ont de roi qu'un trône et des ancêtres.

Tyrans, disparaissez! malheur au souverain
Dont l'orgueil s'appuierait sur un sceptre d'airain!
Un roi serait plus grand s'il voulait moins prétendre;
Si, plus digne du trône, il osait en descendre;
Citoyen couronné, roi sans garde et sans cour,
Monarque par la loi, souverain par l'amour.

TABLEAU PATRIOTIQUE

DU COUSIN JACQUES.

AIR : R'lan tan plan, tambour battant.

Mes chers amis, jurons ensemble
L'Égalité, la Liberté :
Que le serment qui nous rassemble,
Jusqu'à la mort soit respecté.
Tyrans, dont l'ame est inhumaine,
Prenez bien garde à ce serment,
     R'li, r'lan,
Et n'espérez pas qu'on nous mène
R'lan tan plan, tambour battant.

Jamais un cri plus agréable
Pourra-t-il flatter l'Éternel?
Jamais encens plus délectable
Parfumera-t-il son autel !
Dieu tout-puissant, soutiens nos armes !
Paix aux Français, guerre aux tyrans ;
     R'li, r'lan,
Et nous finirons nos alarmes
R'lan tan plan, tambour battant.

Assez long-temps de l'esclavage
Nous supportâmes le fardeau.
Long-temps une trompeuse image
Servit à nos yeux de bandeau.....
Les lois et Dieu, voilà nos maîtres,
Défendons-les d'un cœur constant;
   R'li, r'lan,
Et poursuivons partout les traîtres.....
R'lan tan plan, tambour battant.

BEFFROY DE REIGNY.

HYMNE

POUR

LA FÊTE DE LA RÉVOLUTION.

PAR CHÉNIER.

Il est venu le jour où depuis une année
Les destins de la France ont fini ses revers :
Accourez, citoyens; cette auguste journée
    A rompu nos antiques fers.

Français, offrons à Dieu l'hymne patriotique;
Mêlons à nos sermens des chants pleins de fierté :
Courons sur le lieu même, autrefois despotique,
    Où naquit notre liberté.

Gravons sur les débris de ces tours formidables
Le récit du combat, les exploits des vainqueurs,
Les lois de notre empire et les noms respectables
    De nos premiers législateurs.

Que le roi des Français ait part à notre hommage;
Ne l'environnons point d'esclaves enchaînés;

Et n'avilissons pas aux pieds de son image
    Des peuples entiers prosternés.

Nous avons vu des rois chéris de la victoire :
La justice du temps a brisé leurs autels ;
Mais le temps toujours juste élevera sa gloire
    Sur des fondemens immortels.

Dieu du peuple et des rois, des cités, des campagnes,
De Luther, de Calvin, des enfans d'Israël,
Toi que le Guèbre adore au pied de ses montagnes
    En invoquant l'astre du ciel !

Ici sont rassemblés, sous ton regard immense,
De l'Empire français les fils et les soutiens,
Célébrant devant toi leur bonheur qui commence,
    Égaux à leurs yeux comme aux tiens.

D'un mortel isolé connaissant la faiblesse,
D'un mortel citoyen sentant la dignité,
Forts de leur union, sans maître, sans noblesse,
    Agrandis par l'égalité.

Nous jurons d'obéir, de donner notre vie
Au peuple souverain dont émane la loi ;
Nous jurons d'obéir à cette loi chérie,
    Nous jurons d'obéir au roi.

Plus d'ordres différens, plus même de province;
La France désormais, en son immensité,
Ne voit qu'un seul empire, un seul peuple, un seul prince,
    Unis dans la même cité.

Rappelons-nous ces temps où des tyrans sinistres,
Du peuple assujetti foulaient aux pieds les droits :
Ces temps si près de nous, où d'infâmes ministres
    Trompaient les peuples et les rois.

Des brigands féodaux les rejetons gothiques,
Alors à nos vertus opposaient leurs aïeux;
Et le glaive à la main, des prêtres fanatiques
    Versaient le sang au nom des cieux.

Princes, nobles, prélats nageaient dans l'opulence;
Le peuple gémissait de leur prospérité;
Du sang de l'opprimé, des pleurs de l'indigence
    Leurs palais étaient cimentés.

En de pieux cachots, l'oisiveté stupide,
Afin de plaire à Dieu reléguait les mortels :
Des martyrs, périssant par un long suicide,
    Blasphémaient au pied des autels.

L'injustice des rois, toujours si bien servie,
Peuplait d'infortunés un repaire odieux :

Au fond de ce tombeau, condamnés à la vie,
   Ils expiraient sans voir les cieux.

Ils n'existeront plus ces abus innombrables!
La sainte liberté les a tous effacés;
Ils n'existeront plus ces monumens coupables!
   Son bras les a tous renversés.

Dix ans sont écoulés, nos vaisseaux, rois de l'onde,
Pour fonder sa puissance ont traversé les mers;
Elle vient maintenant des bords du Nouveau-Monde,
   Régner sur l'antique Univers.

De nos champs renommés elle aborde la rive;
Ses pas sont entourés de citoyens guerriers;
Elle tient dans ses mains et le glaive et l'olive;
   Son front est couvert de lauriers.

Au milieu des périls, La Fayette est son guide:
Depuis qu'en Amérique il devint son appui,
Elle a suivi partout sa prudence intrépide;
   Elle est toujours auprès de lui.

La mère des vertus, des talens, du génie,
La liberté réside au sein de nos remparts;
Nous verrons la sagesse à l'éloquence unie,
   Les mœurs, le courage et les arts.

Nous verrons désormais, ainsi que dans Athènes,
Chez un peuple sensible et de la gloire épris,
Socrate et Periclès, Sophocle et Démosthènes,
    Orner le superbe Paris.

Soleil qui, parcourant ta route accoutumée,
Donnes, ravis le jour, et règles les saisons;
Qui, versant des torrens de lumière enflammée,
    Mûris nos fertiles moissons;

Feu pur, œil éternel, âme et ressort du monde,
Puisses-tu des Français admirer la splendeur!
Puisses-tu ne rien voir dans ta course féconde,
    Qui soit égal à leur grandeur!

Malheur au despotisme! et que l'Europe entière,
Du sang des oppresseurs engraissant ses sillons,
Soit pour notre Déesse un vaste sanctuaire,
    Qui dure autant que tes rayons.

Que des siècles trompés le long crime s'expie!
Le Ciel, pour être libre, a fait l'humanité;
Ainsi que le tyran, l'esclave est un impie,
    Rebelle à la Divinité.

RÉCIT

DES TRAVAUX FAITS AU CHAMP-DE-MARS,

PENDANT LA PREMIÈRE QUINZAINE DE JUILLET 1790,

POUR LA FÉDÉRATION

QUI A EU LIEU LE 14 DU MÊME MOIS.

AIR : Soldats français, chantez Roland.

Allons Français, au Champ-de-Mars,
Pour la fête fédérative;
Bravons les travaux, les hasards :
Voilà que ce grand jour arrive.
Bons citoyens, accourez tous :
Il faut creuser, il faut abattre;
Autour de ce champ formez-vous
En magnifique amphithéâtre;
Et de tous états, de tous rangs,
Pour remplacer le mercenaire,
Je vois trois cent mille habitans :
La réussite est leur salaire.

Le duc avec le porte-faix,
La charbonnière et la marquise,
Concourent ensemble au succès
De cette superbe entreprise,

Nos petits-maîtres élégans,
Et vous aussi, femmes charmantes,
Avec petits pierrots galans,
Vos chapeaux, vos plumes flottantes,
On vous voit bêcher, piocher,
Traîner camions et brouettes;
Ce travail peut vous attacher
Au point d'oublier vos toilettes.

Les abbés auprès des soldats,
Et les moines avec les filles,
Semblent, se tenant par le bras,
Réunir toutes les familles.
La marche est au son du tambour;
Pluie ou vent n'y font point d'obstacle :
Non, jamais la ville et la cour
N'offrirent si charmant spectacle.
Dans les éclats de leur gaîté,
Ils vont chantant la chansonnette,
La Liberté, l'Égalité,
Nos députés et La Fayette!

L'aristocrate frémira;
Qu'il vienne nous troubler, s'il ose!
A ses dépens il apprendra
Qu'un peuple libre est quelque chose.

Quand il entendra le serment
De tout un peuple et du monarque,
Sur son front pâle en ce moment,
De l'effroi l'on verra la marque.
Pourquoi trembler? Ah! calme-toi;
Viens servir avec assurance
La Nation, la Loi, le Roi,
Ou bien abandonne la France.

Patrie, élevons ton autel
Sur les pierres de la Bastille,
Comme un monument éternel
Où le bonheur des Français brille.
Venez, de tous les lieux divers
Que renferme ce grand empire,
Donner aux yeux de l'univers
L'exemple à tout ce qui respire!
Que par la paix et l'union
Tout étranger soit notre frère,
Et que la Fédération
S'étende par toute la terre.

Par MADAME ***.

LES NOUVEAUX

APOTRES ARISTOCRATES.

COUPLETS

A L'OCCASION DU DÉCRET DE L'ASSEMBLÉE NATIONALE, QUI DÉCLARE
QUE LES BIENS POSSÉDÉS PAR LE CLERGÉ APPARTIENNENT À LA NATION.

AIR : De la Lanterne.

Riches chanoines
Du vallon de Tempé,
Orgueilleux moines,
Votre espoir est trompé :
Vous ne nous direz plus,
Que ces gros revénus
Étaient vos patrimoines :
Vos tours sont superflus,
Riches chanoines.

Dans l'Évangile,
On vous offre un moyen,
Pour être utile
Au bon peuple chrétien.
Craignez-vous l'embarras ?
Faites de courts repas,
Soyez sages en ville ;

La licence n'est pas
Dans l'Évangile.

Du sacerdoce,
Prenez l'humilité;
Dans un carrosse,
Dieu n'a jamais monté :
Saint Pierre nous l'apprit;
Et dans Rome en crédit,
Monté sur une rosse,
Avait-il moins l'esprit
Du sacerdoce?

En résidence,
Tous nos pasteurs soumis,
Dans l'innocence
Conduiront leurs brebis.
De la douce vertu,
Le chemin est battu,
Puisque le roi de France,
Chez son peuple est venu
En résidence.

Nymphes jolies,
Déesses d'opéra,
De vos folies
Qui donc s'amusera?

La Ferme est aux abois;
Des prélats on fait choix;
Adieu les fantaisies :
Les crosses sont de bois,
  Nymphes jolies.

  Plus de lanterne,
La paix est parmi nous;
  Chacun discerne
D'où vient un sort si doux :
Nous possédons Louis,
Il n'est plus d'ennemis;
La sagesse gouverne;
Dès-lors, mes chers amis,
  Plus de lanterne.

VERS

SUR LE REFUS D'INHUMER LE CORPS DE VOLTAIRE *, EN 1776.

O de mon siècle, éternelle infamie !
L'hydre du fanatisme, à regret endormie,
Quand Voltaire n'est plus, s'éveillant lâchement,
A des restes sacrés refuse un monument !
Ceux qui, déshonorant leur pieux ministère,
Par des vices qu'en vain décore un front austère,
En pompe, hier peut-être, auraient enseveli
Un Calchas, soixante ans par l'intrigue avili,
Un Séjan, un Verrès, qui, dans des jours iniques,
Commandaient froidement des rapines publiques.
Leur règne a fait trente ans douter s'il est un Dieu,
Et cependant leurs noms vivent dans le saint lieu,
S'élèvent sur le marbre, et jusqu'au dernier âge
S'en vont faire au ciel même un magnifique outrage.
Et lui, qui ranima par d'étonnans succès
L'honneur déjà vieilli du cothurne français ;
Lui, qui nous retira d'une crédule enfance,

---

* Ces vers avaient été retranchés du deuxième chant du poëme des Mois,
par la censure qui existait avant 1789.

Qui des persécutés fit tonner la défense ;
Le même en qui brillaient plus de talens divers,
Qu'il n'en faut à cent rois pour régir l'univers,
Voltaire n'aurait point de tombe où ses reliques,
Appelleraient le deuil et les larmes publiques !...
Et qu'importe, après tout, à cet homme immortel,
Le refus d'un asyle à l'ombre d'un autel ?
La cendre de Voltaire, en tous lieux révérée,
Eût fait de tous les lieux une terre sacrée.
Où repose un grand homme, un Dieu vient habiter.

. . . .

Par M. ROUCHER.

SUR LA

TRANSLATION DE VOLTAIRE,

FAITE EN 1791.

Ce ne sont plus des pleurs qu'il est temps de répandre,
C'est le jour du triomphe et non pas des regrets ;
Que nos chants d'allégresse accompagnent la cendre
　　Du plus illustre des Français.

Jadis par les tyrans cette cendre exilée,
Au milieu des sanglots, fuyait loin de nos yeux ;
Mais, par un peuple libre aujourd'hui rappelée,
　　Elle vient consacrer ces lieux.

Salut, mortel divin, bienfaiteur de la terre ;
Nos murs privés de toi vont te reconquérir ;
C'est à nous qu'appartient tout ce que fut Voltaire ;
　　Nos murs t'ont vu naître et mourir.

Ton souffle créateur nous fit ce que nous sommes ;
Reçois le libre encens de la France à genoux ;
Sois désormais le dieu du temple des grands hommes
　　Toi qui les as surpassés tous.

Le flambeau vigilant de ta raison sublime,
Sur les prêtres menteurs éclaira les mortels ;
Fléau de ces tyrans, tu découvris l'abîme
      Qu'ils creusaient au pied des autels.

Tes tragiques pinceaux des demi-dieux du Tibre,
Ont su ressusciter les antiques vertus ;
Et la France a conçu le besoin d'être libre,
      Aux fiers accens des deux Brutus.

Sur cent tons différens ta lyre enchanteresse,
Fidèle à la raison comme à l'humanité,
Aux mensonges brillans inventés par la Grèce,
      Unit la simple vérité.

Citoyens, courez tous au-devant de Voltaire.
Il renaît parmi nous, grand, chéri, respecté,
Comme à son dernier jour, ne prêchant à la terre
      Que Dieu seul et la liberté.

Il cherche en vain ces tours, cet enfer du génie,
Dont son aspect, deux fois, fit le temple des arts ;
La Bastille est tombée avec la tyrannie
      Qui bâtit ses triples remparts.

Il voit ce Champ-de-Mars où la liberté sainte,
De son trône immortel posa les fondemens ;

Des Français rassemblés dans cette auguste enceinte,
 Il reçoit les seconds sermens.

Le Fanatisme impur, cette sanglante idole,
Suit le char du triomphe avec des cris affreux ;
Tel Émile et César, aux murs du capitole,
 Trainaient les rois vaincus par eux.

Moins belle fut jadis sa dernière victoire,
Lorsqu'aux jeux du théâtre, un peuple transporté,
A ce vieillard mourant sous le poids de sa gloire
 Décernait l'immortalité.

La Barre, et vous, Calas, venez plaintives ombres,
Innocens condamnés dont il fut le vengeur ;
Accourez un moment du fond des rives sombres :
 Joignez-vous au triomphateur.

Chantez, peuples pasteurs qui, des monts helvétiques
Vîtes long-temps planer cet aigle audacieux ;
Habitans du Jura, que vos accens rustiques
 Portent sa gloire jusqu'aux cieux.

Fils d'Albion, chantez ; Américains, Bataves,
Chantez ; de la raison célébrez le soutien :
Ah ! de tous les mortels qui ne sont point esclaves
 Voltaire est le concitoyen.

Vous, peuples qu'en secret lasse la tyrannie,
Chantez : la liberté viendra briser vos fers.
Sa main dresse, en nos murs, un autel au génie ;
    C'est un beau jour pour l'univers.

Dieu des Dieux, Roi des Rois, Nature, Providence,
Être seul immuable et seul illimité,
Créateur incréé, sublime intelligence,
    Bonté, justice, éternité :

Tu fis la liberté, l'homme a fait l'esclavage ;
Mais souvent, dans son siècle, un mortel inspiré,
Pour les siècles suivans, de ton sublime ouvrage,
    Conserve le dépôt sacré.

Dieu de la liberté, chéris toujours la France ;
Fertilise nos champs, protège nos remparts ;
Accorde-nous la paix et l'heureuse abondance,
    Et l'empire éternel des arts.

Donne-nous des vertus, des talens, des lumières,
L'amour de nos devoirs, le respect de nos droits,
Une liberté pure et des lois tutélaires,
    Et des mœurs dignes de os lois.

            Par J. Chénier.

ODE

SUR LA MORT DE MIRABEAU,

INHUMÉ AU PANTHÉON, EN 1791, PAR UN DÉCRET DE L'ASSEMBLÉE
NATIONALE.

Beaux arts qu'inventa le génie,
Unissez vos divins efforts ;
Lugubre et touchante harmonie,
Fais-nous entendre tes accords ;
Marbre, obéis à Praxitèle ;
Toile, rends cette âme immortelle
Que les dieux semblaient inspirer ;
Et toi, Muse patriotique,
Chante le funèbre cantique :
Un grand homme vient d'expirer !

Cité que chérit Amphitrite,
Il attend de toi des autels ;
Sur tes bords sa gloire est écrite
En caractères immortels.
Par son éloquence puissante,
De notre liberté naissante,
Je vois les ennemis vaincus :
Le despotisme en vain conspire,

Le peuple ressaisit l'Empire,
Aux accens d'un nouveau Gracchus.

Sur une scène encor plus belle,
Au nom du peuple et de la loi,
Je l'entends, plein du même zèle,
Répondre à l'esclave d'un roi.
Je vois son courage indomptable,
Dénoncer au trône équitable,
Les crimes de ses favoris,
Lorsque des guerriers mercenaires,
Dans leurs exploits imaginaires,
Menaçaient les murs de Paris.

Silence, organes de l'envie,
N'outragez plus notre soutien :
Songez que la France asservie
A vu Mirabeau citoyen.
De ses vertus républicaines,
Les fers, les cachots de Vincennes,
N'ont point abattu la fierté :
C'est là que son mâle génie,
Sous la main de la tyrannie,
De loin fondait la liberté.

Couvre-toi d'un voile funèbre,
Témoin de ces brillans succès,

4

Tribune, que rendit célèbre
Le Démosthènes des Français.
La France, mère inconsolable,
Pour cette perte irréparable
A pris ses vêtemens de deuil.
Ah ! puissent des honneurs si justes,
Consoler ses mânes augustes,
Dans le silence du cercueil.

Adoptez ces lugubres marques,
Français qui chérissez les lois ;
On porte le deuil des monarques,
Un seul grand homme vaut cent rois.
Ce Franklin qui, dans l'Amérique,
Fit régner la raison publique,
Au monde était plus précieux,
Que tous ces princes dont la gloire,
Expire et s'éteint dans l'histoire,
Dès qu'on leur a fermé les yeux.

En vulgaires humains féconde,
La nature, à tous les instans,
Sème en foule, au milieu du monde,
Des esclaves et des tyrans ;
Mais quand l'argile qu'elle anime,
Enveloppe un esprit sublime

Et le cœur altier d'un héros;
Son sein qu'un tel effort accable,
N'enfante un prodige semblable
Qu'après un siècle de repos.

Jour d'épouvante! heure suprême!
Du peuple l'immortel appui
Expire au sein du peuple même,
En s'occupant encor de lui.
La douleur le trouve impassible;
D'un front serein, d'un œil paisible
Il envisage son trépas :
Et son ame ferme et sublime
S'agrandit en voyant l'abîme
Qui vient de s'ouvrir sous ses pas.

Au fond de la nuit éternelle,
Parmi les ombres descendu,
Il voit la douleur solennelle
Des citoyens qui l'ont perdu.
Paris et la patrie entière,
Vont dans sa demeure dernière
Déposer le grand Mirabeau!
Ses restes, que le peuple adore,
Il les voit triompher encore,
Et des tyrans et du tombeau.

La France a-t-elle, avant notre âge,
Honoré ces mortels divins,
Dont l'esprit est un héritage
Recueilli par tous les humains?
Ils mouraient; leur cendre sacrée,
Par l'amitié seule entourée,
Marchait vers le funèbre lieu;
Tandis qu'une pompe insolente
Accompagnait l'ombre sanglante
D'un Louvois ou d'un Richelieu.

Des grands hommes de la patrie,
Nous verrons les mânes un jour,
Famille imposante et chérie,
Habiter un commun séjour.
Tel, au milieu des sept collines,
S'élevant sous des mains divines,
Ce temple superbe et vanté,
Où par la piété romaine,
Dans les murs de la cité reine,
On vit l'Olympe transporté.

Ennemis de la tyrannie,
Visitez ces augustes lieux;
Vertus, raison, talens, génie,
Voilà vos patrons et vos dieux!

Souvent la nation nouvelle,
Offrant un hommage fidèle
A ces mânes idolâtrés,
Viendra, sur la chose publique,
Consulter la patrie antique,
Au fond des monumens sacrés.

Toi, que la France désolée
Appelle en vain dans ses regrets,
Mirabeau, de ton mausolée
J'ornerai du moins les cyprès :
Lorsque la fatale journée
Par chaque printemps ramenée,
Renouvellera nos douleurs,
Je chanterai tes nobles veilles,
Et sur le marbre où tu sommeilles,
Tu sentiras couler mes pleurs.

ALSA.

1791.

Que de la liberté la couronne guerrière,
Sur ton humide front remplace les roseaux !
Que des nuits, belle Alsa, l'inégale courrière
    De ses feux argente les eaux !

Parcours avec orgueil nos campagnes fécondes ;
Raconte au Dieu du Rhin la fin de nos malheurs ;
Ton urne assez long-temps n'a versé dans ses ondes
    Que des flots grossis de nos pleurs.

Vois le cultivateur sur la rive fleurie ;
Couché dans la poussière, il étouffait sa voix ;
Maintenant, fier et libre, il chante la patrie,
    Qui renaît et lui rend ses droits.

Entends-tu comme au loin les trompettes civiques,
Raniment les Français sous le joug expirans ;
Comme la liberté, par ses divins cantiques,
    Porte l'effroi chez nos tyrans ?

Chargés du poids des fers, ainsi que nos compagnes,
Nous avions oublié ces aimables accens ;
Les échos attristés, le long de nos montagnes,
    Répétaient des sons gémissans.

Alsa, vois tout à coup sur les Vosges hautaines
Flotter des trois couleurs l'étendard immortel ;
Vois, de la liberté qui régnait dans Athènes,
    Se relever l'antique autel.

Vois de nos légions la jeunesse aguerrie,
S'avançant vers l'autel aux accens de l'airain,
Jurer de maintenir les droits de la patrie,
    Les droits du peuple souverain.

. . . .

Par M. J. Chénier.

AUX ÉMIGRÉS.

Où courez-vous, cruels? Quelle coupable audace
    Vous transporte armés sur le Rhin?
Et quel peuple ennemi doit craindre la menace
    De votre appareil assassin?

Allez-vous délivrer les régions belgiques
    De leurs fers trop appesantis,
Ou du Tibre écraser les idoles antiques
    Qui foulent des peuples soumis?

Non, vous voulez servir la ligue conjurée
    De vingt despotes en courroux,
Et montrer à leurs yeux la France déchirée,
    La France expirant sous vos coups.

Quatre fois le soleil aborda les Tropiques,
    Depuis le temps qu'elle gémit
Sous le pesant fardeau des misères publiques
    Que vos discordes ont produit.

Les deux mondes ont vu le flambeau des furies
    Consumer leurs riches trésors,

Et l'Anglais se repaît de douces rêveries
        En voyant vos nouveaux efforts.

Le Germain assouvit ses haines immortelles
        En vous accordant ses secours :
Les habitans des airs, pour finir leurs querelles,
        Vont-ils implorer les vautours ?

Si vos maux sont réels, vos devoirs sont sévères ;
        L'impérieux Coriolan,
D'un courroux qui de Rome eût comblé la misère,
        Sut vaincre le dernier élan.

Les Romains, sous Sylla, tous bourreaux ou victimes,
        Glacèrent l'univers d'effroi !
Leurs yeux ne virent plus que du sang et des crimes !
        Subirons-nous la même loi ?

Du lion qui rugit sous la zone torride,
        Surpasserez-vous la fureur ?
De la chair des lions que ce même instinct guide,
        La faim cruelle aurait horreur.

Quel instinct plus barbare aujourd'hui vous domine ?
        Expiez-vous quelque forfait ?
Ou le sort, malgré vous, hâte-t-il la ruine
        Dont vous ressentirez l'effet ?

Ils ne répondent point, leurs visages pâlissent,
    Leurs cœurs sont devenus d'airain :
Les partis opposés s'ébranlent, s'affermissent ;
    Je vois s'accomplir leur destin.

Crime de nos aïeux ! meurtre impie et barbare
    D'un roi qui n'eut point de rivaux !
La vengeance du ciel lentement se prépare :
    La mort lance enfin ses carreaux.

Par M. DE LILLEFERME.

DITHYRAMBE

POUR LA FÉDÉRATION DE 1792.

Vive à jamais, vive la liberté !
Reçois nos vœux, chère et sainte patrie !
Nous jurons d'obéir, de donner notre vie
    Pour nos lois, pour l'égalité;
    Que la France entière s'écrie :
    Vive à jamais, vive la liberté !

Habitans des cités, habitans des campagnes,
    Peuple vaillant, peuple vainqueur,
Accourez, amenez vos enfans, vos compagnes,
Chanter la liberté, chanter votre bonheur !

    Autrefois vous courbiez la tête
    Sous le joug des grands et des rois ;
    Ce jour vous a rendu vos droits :
    Conservez bien votre conquête.

    Chantez, que les tyrans frémissent !
    Chantez, que vos voix retentissent
    Des bords de la Seine et du Rhin,

Aux bords de la Tamise et du Tage et du Tibre ;
Qu'en tout lieu le vrai souverain
Détruise les sceptres d'airain ;
Que l'univers entier soit libre !

Par Chénier.

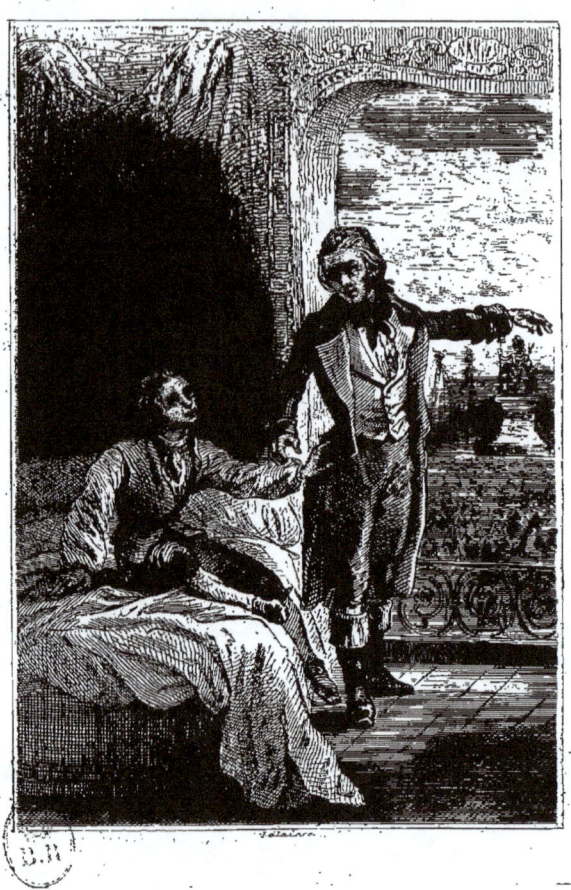

L'AUTEL DE LA PATRIE.

L'HÔTEL DE LA PATRIE

POUR LA FÉDÉRATION DE 1792.

Eh quoi! tu peux dormir encore!
N'entends-tu pas ces cris d'amour?
Éveille-toi, voici l'aurore,
Mon fils, voici ton plus beau jour.
C'est à l'autel de la patrie
Que tu vas marcher sur mes pas;
Cours à cette mère chérie
Qui t'appelle et t'ouvre ses bras.

Mon fils, vois-tu ce peuple immense?
Comme il accourt de toutes parts!
De ces guerriers chers à la France
Vois-tu flotter les étendards?
C'est à l'autel de la patrie
Que l'amour dirige leurs pas;
Tous vont à leur mère chérie
Se dévouer jusqu'au trépas.

Dans tes regards brille une flamme
Qui plaît à mon cœur paternel;

Ouvre les yeux, fixe ton ame
Sur ce spectacle solennel.
C'est à l'autel de la patrie
Qu'il faut consacrer tes quinze ans;
Et c'est là que l'honneur te crie
D'apporter tes premiers sermens.

Tu l'as fait, ce serment auguste,
Devant la France et devant moi;
Tu serviras, vaillant et juste,
Ton pays, nos droits et la loi.
C'est à l'autel de la patrie
Que tu viens de le prononcer;
Plutôt cent fois perdre la vie
Que de jamais y renoncer.

Il est d'autres sermens encore
Qu'exigent ton père et l'honneur;
Un Dieu puissant que tout adore
Va bientôt appeler ton cœur:
Mais sur l'autel de la patrie
A la beauté jure en ce jour,
Que jamais sa vertu flétrie
Ne gémira de ton amour.

Si d'une belle, honnête et sage,
Tu sais un jour te faire aimer,

Le nœud sacré du mariage
Est le seul que tu dois former :
Mais à l'autel de la patrie
Courez tous les deux vous unir :
Que jamais votre foi trahie
N'ordonne au ciel de vous punir.

Dans cette chaîne fortunée
Si tu deviens père à ton tour,
Pour premier don, si l'hyménée
Accorde un fils à ton amour ;
Offre à l'autel de la patrie
Ce fruit heureux de ton lien :
Dans ton cœur c'est elle qui crie
Qu'il est son fils comme le tien.

Tu vois ce fer d'un œil d'envie ;
Il doit un jour armer tes mains :
De lui souvent dépend la vie
Ou la mort des faibles humains.
C'est à l'autel de la patrie
Qu'il faut le suspendre aujourd'hui :
N'y touche pas qu'elle ne crie :
« Prends ce fer, j'ai besoin de lui. »

Quand le temps qui marche en silence,
Par d'imperceptibles efforts

Aura miné mon existence
Et décomposé mes ressorts,
C'est sous l'autel de la patrie
Que tu creuseras mon tombeau :
Est-ce perdre en entier la vie
Que de rentrer dans son berceau?

L'auteur.

DU DESPOTISME.

FRAGMENT DU POÉME DE LA NATURE.

O du pouvoir suprême incroyables abus !
L'onde paie aux tyrans de serviles tributs !
Le feu même est esclave , et l'air à peine est libre !
Quoi ! tes balances d'or ont perdu l'équilibre ?
Ciel juste !... Ciel vengeur ! sur quel mont escarpé
Veux-tu me rendre enfin mon empire usurpé ?
De tout mortel qui naît la terre est le partage :
Dois-je traîner des fers dans mon propre héritage ?
Ah ! qu'importe de vivre à qui vit enchaîné !
Quand sous un voile épais l'œil est emprisonné,
Que lui sert tout l'éclat dont l'Olympe se dore ,
Déesse des grands cœurs, liberté que j'adore ?
Ah ! que n'as-tu plongé dans l'horreur des enfers
Le premier qui reçut ou qui donna des fers !
L'homme à l'homme est égal : O mortelle infamie !
L'homme a reçu de l'homme un chaîne ennemie !
L'un vendit l'univers par trop de lâcheté ;
L'autre , plus lâche encor, crut l'avoir acheté.
De quel droit trahissant les droits de la nature ,
Trafiquait-il le monde et la race future ?

5

Sur le choix de nos fers étions-nous consultés,
Nous, de si loin encor par le joug insultés !
Non, non : tous les mortels ont une ame rivale.
Quoi ! du ver au ver même il est un intervalle !
Quoi ! le reptile a dit au reptile étonné :
Sois esclave ; obéis à ce front couronné :
Je règne !... Ainsi parlait du faîte de son herbe,
Plein de fange et d'orgueil un insecte superbe.
Ce globe est un atome où rampe avec fierté
L'insecte usurpateur qu'on nomme majesté.

Par LEBRUN.

HYMNE

A L'ÉGALITÉ.

1792. *énent*

Egalité douce et touchante,
Sur qui reposent nos destins,
C'est aujourd'hui que l'on te chante,
Parmi les jeux et les festins.

Ce jour est saint pour la patrie ;
Il est fameux par tes bienfaits :
C'est le jour où ta voix chérie
Vint rapprocher tous les Français.

Tu vis tomber l'amas servile
Des titres fastueux et vains,
Hochets d'un orgueil imbécile,
Qui foulait aux pieds les humains.

Tu brisas des fers sacriléges ;
Des peuples tu conquis les droits ;

Tu détrônas les priviléges ;
Tu fis naître et régner les lois.

Seule idole d'un peuple libre,
Trésor moins connu qu'adoré,
Les bords du Céphise et du Tibre
N'ont chéri que ton nom sacré.

Des guerriers, des sages rustiques,
Conquérant leurs droits immortels,
Sur les montagnes helvétiques
Ont posé tes premiers autels.

Et Franklin qui, par son génie,
Vainquit la foudre et les tyrans,
Aux champs de la Pensylvanie
T'assure des honneurs plus grands !

Le Rhône, la Loire et la Seine,
T'offrent des rivages pompeux :
Le front ceint d'olive et de chêne,
Viens y présider à nos yeux.

Répands ta lumière infinie,
Astre brillant et bienfaiteur ;
Des rayons de la tyrannie
Tu détruis l'éclat imposteur.

Ils rentrent dans la nuit profonde
Devant tes rayons souverains ;
Par toi la terre est plus féconde ;
Et tu rends les cieux plus sereins.

Par M. J. CHENIER.

LE SALUT DE LA FRANCE,

HYMNE A LA LIBERTÉ.

Veillons au salut de l'empire,
Veillons au maintien de nos droits;
Si le despotisme conspire,
Conspirons la perte des rois.
  Liberté!
  Liberté!
 Que tout mortel te rende hommage!
Tyrans, tremblez! vous allez expier vos forfaits.
 Plutôt la mort que l'esclavage,
 C'est la devise des Français.

Du salut de notre patrie
Dépend celui de l'univers;
Si jamais elle est asservie,
Tous les peuples sont dans les fers.
  Liberté!
  Liberté!
 Que tout mortel te rende hommage!
Tyrans, tremblez! vous allez expier vos forfaits.

Plutôt la mort que l'esclavage,
C'est la devise des Français.

Ennemis de la tyrannie,
Paraissez tous, armez vos bras;
Du fond de l'Europe avilie,
Marchez avec nous aux combats.
        Liberté!
        Liberté!
    Que ce nom sacré nous rallie :
Poursuivons les tyrans, punissons leurs forfaits !
    Nous servons la même patrie;
    Les hommes libres sont Français!

Jurons union perpétuelle
Avec tous les peuples divers;
Jurons une guerre éternelle
A tous les rois de l'univers :
        Liberté!
        Liberté!
    Que ce nom sacré nous rallie;
Poursuivons les tyrans, punissons leurs forfaits!
    Nous servons la même patrie;
    Les hommes libres sont Français!

❧❧❧❧❧❧❧❧❧❧❧❧❧❧❧❧❧❧❧❧❧❧❧❧❧

HYMNE

A LA LIBERTÉ,

RÉCITÉE A L'OUVERTURE DU LYCÉE, A LA FIN DE 1792.

Vengeance !... sur nos bords ils ont osé paraître,
Citoyens ! les voilà ces étrangers si fiers,
Payés par des tyrans pour nous donner un maître !
Orgueilleux de leur honte, ils nous montrent leurs fers ;
Leurs bras en sont flétris, leurs bras nous en préparent ;
Français, à leurs regards, montrez avec fierté
　　　Les nobles couleurs qui vous parent,
　　　Les couleurs de la liberté,
Le drapeau du civisme et de l'égalité.

Avez-vous entendu leur insultante audace ?
Leur audace disait : « Français, soumettez-vous !
　　　» Sujets rebelles, à genoux !
　　　» Si vous résistez, point de grace.
» Le sang regorgera dans vos murs démolis,
» Et la postérité recherchera la trace
　　　» De vos remparts ensevelis. »
　　　Il l'ont dit !... et dans la poussière
Vous ne traînerez pas cet insolent orgueil ?

Vous n'étoufferez pas cette démence altière
    Dans le silence du cercueil?

Ils l'ont dit!... j'en frémis et tout mon sang bouillonne
Vos cœurs ont tressailli d'un généreux courroux.
A l'affront inouï dont la France s'étonne,
Ne répondez-vous pas?... Oui, vous répondez tous,
Tous par un même cri : Rage, mort et vengeance!
Un mouvement terrible a soulevé la France ;
Une moisson de fer hérisse nos sillons.
Terre de liberté, vomis tes bataillons !
Le vieillard veut marcher, le jeune homme s'élance,
Et l'étendard sacré, si cher aux nations,
Aux peuples asservis signal de délivrance,
    Brille devant nos légions.

Cet étendard vaincra : la Bastille est tombée.
Dans ses rêves sanglans tristement absorbée,
La noire politique, au front dur et hautain,
Appuyant sur l'erreur une main confiante,
Levait son spectre affreux, et veillait menaçante
Entre l'aigle de Vienne et celle de Berlin.
    Au bruit de la Bastille en poudre
    Soudain le monstre s'est troublé;
Son visage a pâli, les trônes ont tremblé;
Les despotes de loin ont vu venir la foudre.

La politique habile en complots odieux,
A tendu dans le cours ses rets insidieux :
Elle a de toute part jeté le cri d'alarmes;
Et le lâche intérêt a partout cimenté
La ligue des tyrans contre l'humanité.
Ils ont invoqué l'art qui dirige leurs armes,
Ces hordes de brigands qu'ils peuvent soudoyer,
Leur manœuvre savante et leur feu meurtrier.
Français, il est un feu plus redoutable encore;
Aux mains de l'homme libre il anime le fer,
    De ses yeux fait partir l'éclair :
    C'est là le feu qui vous dévore;
Feu sacré, feu vengeur, redouté des tyrans,
    Feu devant qui tout se consume,
    Que le patriotisme allume,
Qui brûle en votre sein, qui circule en vos rangs,
    Se reproduit, se multiplie,
Se répand devant vous comme un vaste incendie,
Rend la force aux soldats de fatigue expirans,
    Des athlètes de la patrie
    Nourrit l'indomptable furie,
Et rend terrible encor le regard des mourans.
Qui pourrait arrêter vos efforts magnanimes ?
Vous marchiez jusqu'ici vers le champ des combats,
Sur des feux souterrains cachés dans des abîmes,
    Où vous attendait le trépas.

Vous n'avez plus du moins à combattre les crimes :
Les volcans sont éteints, les piéges sont fermés,
Et les conspirateurs, punis et désarmés.
De vos heureux succès c'est le premier présage :
Vous n'avez plus besoin que de votre courage :
Peuple de citoyens, de frères, de soldats,
Volez dans les sentiers aplanis sous vos pas.

Regardez, regardez cette auguste déesse,
La mère des héros de Rome et de la Grèce !
Liberté, nous aussi, nous sommes tes enfans :
Ce grand titre suffit pour être triomphans.
Parais, conduis nos coups, déité bienfaisante !...
Voyez-vous dans sa main puissante
Gravés sur un drapeau les noms de Décius,
    Les noms de Tell et de Brutus,
Ceux des trois cents héros, victimes immortelles !
Les vôtres y seront auprès de vos modèles ;
    Ils sont par la gloire attendus.

La trompette a sonné : la palme est toute prête.
Bravez des feux guerriers la bruyante tempête ;
    Soldats, avancez et serrez.
    Que la baïonnette homicide,
Au-devant de vos rangs, étincelante, avide,
Heurte les bataillons par le fer déchirés.

Le fer, amis, le fer, il presse le carnage :
C'est l'arme du Français, c'est l'arme du courage,
L'arme de la victoire et l'arbitre du sort.
Le fer, il boit le sang; le sang nourrit la rage,
   ·   Et la rage donne la mort!
Ainsi dans les dangers qui menaçaient la France,
Ma lyre des guerriers échauffait la vaillance;
Et déjà signalait leurs rapides exploits :
Ils entendaient, que dis-je? ils écoutaient ma voix.
O de la liberté, mémorables prodiges!
O du crime des rois trop funestes vertiges,
Que la mort vient de faire une large moisson!
     Quel triomphe! et quelle leçon!
Célébrons l'un sans cesse, et n'oublions pas l'autre;
Des droits du genre humain le génie est l'apôtre;
Sans cesse il les réclame, et quand tout cet orgueil,
Que bientôt la fortune allait changer en deuil,
Rencontrant des Français l'immobile colonne,
Est venu se briser aux rochers de l'Argonne;
Quand ce vaste armement fond et s'évanouit,
Un cœur républicain et palpite et jouit.
Il jouit, il est vrai, mais l'humanité crie :
Qu'ont fait ces malheureux qui, loin de leur patrie,
Viennent sans intérêt, sans injure à venger,
Expirer par monceaux sur un sol étranger?
Pourquoi tous ces tombeaux de cadavres avides

Ouverts pour engloutir ces victimes livides ?
C'est qu'un roi l'a voulu : tu l'entends, tu le vois,
O terre ! ô ciel vengeur ! voilà les jeux des rois.

      Mais quelle puissance inconnue
Arrache ma pensée à ces objets cruels ?
Quels concerts éclatans ! quels accens solennels !...
      Je plane au-dessus de la nue !
      Le génie heureux des Français
M'emporte dans les airs sur ses brillantes ailes !
Son vol suffit à peine à voir tant de succès.
Des Alpes sous mes pieds les cimes éternelles
Et le Var et la Meuse, et l'Escaut et le Rhin,
Répètent des Français le glorieux refrein,
      L'hymne sacré de la patrie.

La ligue est consternée, et la terre attendrie.
La victoire avec nous parcourt tous les climats ;
La victoire est partout, sous mes yeux, sous nos pas.
Je suis en haletant son essor qui m'étonne...
Non, rien ne peut troubler un spectacle si beau,
Pas même les fureurs de l'affreuse Bellonne.
Un saint enthousiasme, un transport tout nouveau,
M'unit à nos guerriers que l'Europe contemple ;
Je m'élève avec eux et plein de leur exemple,
Je les vois sans frémir, entourés du trépas,

Ces tonnerres d'airain qu'ils ne redoutent pas ;
Ces hauteurs de Jemmap, de leur sang arrosées,
Que trois jours de bataille ont immortalisées,
Et Lille et ses remparts, ce peuple de héros,
Tranquille dans les feux qui creusent ses tombeaux,
Défiant de l'enfer les brûlantes machines,
        Et souriant sur des ruines !...
Et ce peuple, grand Dieu, ne serait pas vainqueur !..
Ils ont fui ces brigands, atteints du fer vengeur !
Ils ont fui... de leur sang ne soyons point avares ;
Ils méritent leur sort, ils ont été barbares.
Les soldats des tyrans sont féroces comme eux.
Il est un terme à tout : la puissance impunie
De ses propres sujets réveille le génie ;
Et de leur servitude ils sont enfin honteux.
Allobroges, Germains, et Belges et Bataves,
Apprennent des Français à n'être plus esclaves.
Tous, ils ne veulent plus que le règne des lois.
Les peuples sont pour nous : que craignons-nous des Roi
Exemple trop long-temps ignoré sur la terre !
Nous avons les premiers sanctifié la guerre.
On s'armait pour les rois, pour leur rivalité,
Pour l'empire, pour l'or ; nous pour l'humanité.
Comparez aux Français ces vieux héros du Tibre,
Ces conquérans altiers, de leur pouvoir jaloux ;
Ils disaient au vaincu, terrassé sous leurs coups :

Meurs, ou sois-nous soumis; nous lui disons : Sois libre !

Ah ! qui dit peuple-roi dit peuple usurpateur.

Ce titre est odieux ; que le nôtre est auguste !

Qu'il promet de soutiens d'une cause si juste

　　　C'est le peuple libérateur !!!

Et moi, par les neuf sœurs, instruit loin des alarmes,

Si mes jours sont usés dans l'étude des arts,

Si ma main étrangère aux fatigues de Mars,

Est trop faible déjà pour le fardeau des armes;

Du moins pour mon pays brûlant d'un saint amour,

　　　Du moins je veux qu'on dise un jour

Que, chantant les vengeurs de la France insultée,

　　　J'eus l'ame et la voix de Tyrtée.

Toujours de l'esclavage à nos yeux présenté

　　　J'ai repoussé l'ignominie.

Mes derniers vœux seront contre la tyrannie

　　　Et mon dernier cri, *liberté*.

ODE

SUR LA GUERRE DE LA LIBERTÉ,

1792.

Nymphes des monts et des forêts,
Prolongez le cri de la guerre ;
Honneur, gloire, triomphe, aux armes des Français !
Malheur aux tyrans de la terre !

Ces cris généreux ont volé
De la Baltique aux bords du Tibre ;
Des rois usurpateurs le trône est ébranlé ;
L'Europe a besoin d'être libre !

Douce égalité sous nos yeux,
Prépare tes festins prospères ;
Et vous, peuples amis, conviés par les cieux,
Venez aux banquets de vos frères !

O Rome, recompose-toi
Parmi tes tribus rassemblés !
Relève tes remparts, cité d'un peuple-roi,
Éparse au sein des mausolées !

Mânes des Caton, des Brutus,
      Revendiquez Rome usurpée;
Ouvrez-vous, grands tombeaux où dorment les Grachus
      Revivez, Émile et Pompée!

      Rendez-nous l'antique splendeur
      De vos vertus républicaines;
Que la triple tiare, abaissant sa grandeur,
      Tombe aux pieds des armes romaines!

      Et vous, Germains, réveillez-vous;
      Au nom de nos communs ancêtres,
Redevenez des Francs, et brisez avec nous
      Le joug de vos orgueilleux maîtres!

      Levez-vous, ce n'est qu'aux tyrans
      A redouter nos mains guerrières :
Nos mains portent l'effroi dans le palais des grands,
      La liberté dans les chaumières.

      A l'acier opposez l'acier;
      Que la voix des combats décide;
Dans vos robustes mains que le soc nourricier
      Soit un glaive tyrannicide!

      Le riche fuit l'égalité,
      Au sein de son vaste héritage;

                                    6

Le pauvre avec ardeur chérit la liberté :
  Elle est le seul bien qu'il partage.

  Ainsi l'on vit s'humilier
  L'Autriche et sa vaine puissance,
Quand d'Egmont et Nassau couraient se rallier
  Sous le drapeau de l'indigence.

  Tels sous Wasa, ces conquerans,
  Vengeurs de la Suède avilie
Guerriers cultivateurs, descendaient par torrens
  Des monts de la Dalécarlie.

  Tel en des jours encor plus beaux,
  S'élevait, sous des mains rustiques,
Ce chêne audacieux dont les treize rameaux
  Ombrageaient les monts helvétiques.

              Par J. CHÉNIER.

CHANSON

PAR

DUGAZON,

ACTEUR DU THÉÂTRE FRANÇAIS.

AIR : Aussitôt que la lumière.

Citoyens, troupe guerrière,
Soldats de l'égalité,
C'est la France tout entière
Qui défend sa liberté.
Ah! si les soldats de Rome
Ont asservi l'univers,
Connaissant les droits de l'homme,
Pourrions-nous porter des fers?

Grenadiers et volontaires,
Citoyens, parens, amis,
Pour la plus juste des guerres
L'honneur nous a réunis;
Battons la ligue infernale
Qui veut réformer nos lois;
Une pompe triomphale
Couronnera nos exploits.

Que dans nos rangs le silence
Prouve à tous nos généraux,
Qu'ils auront obéissance,
Commandant à leurs égaux.
Français, quelle jouissance!
Vous verrez tous vos guerriers
Rentrer au sein de la France,
Sous l'ombrage des lauriers.

Le Français n'est plus esclave ;
Tremblez despotes du Nord ;
Nous vous prouverons qu'il brave
Et les dangers et la mort :
L'Europe qui le contemple,
A ses coups doit applaudir :
Donnant au monde l'exemple
De vivre libre ou mourir.

Si le hasard de la guerre
Venait tromper nos efforts,
Houlans, songez bien à faire
Vos manœuvres sur des morts :
Car la France tout entière
N'offrirait à vos succès,
Qu'un immense cimetière
Couvert du peuple français.

LE

SERMENT DU JEU DE PAUME.

Air : Mon petit cœur à chaque instant soupire.

O Liberté, combien est magnanime
Ce fier mortel qui, plein de ton ardeur,
Prend son essor, et dans son vol sublime,
Soudain s'élève et plane à ta hauteur !
Tel qu'un Hercule, en s'offrant à ma vue,
Aux nations vient-il donner des lois ?
Partout son bras, armé de sa massue,
Abat l'orgueil des tyrans et des rois !

Mais, est-ce toi, liberté trois fois sainte,
Qui, dans ce lieu déployant tes attraits,
Fais pour toujours briller son humble enceinte
De tout l'éclat des superbes palais !
Oui, c'est toi-même, adorable, immortelle,
Qui, nous créant ces généreux vengeurs,

Pour soutenir la cause la plus belle ,
Du plus beau feu viens embráser leur cœurs.

Tous pénétrés de ta céleste flamme,
Tous repoussant de coupables effrois,
Jurent ensemble au despotisme infâme ,
Ou de périr, ou de venger nos droits.
Dans un délire où ce serment le jette,
Le spectateur en pleurant, le redit :
Le bras en l'air, le peuple le répète;
Il le répète et le ciel applaudit !

Peintre savant, ô toi qui , des Horaces,
Frappe mes yeux par l'étonnant tableau,
Fils du génie, heureux des grâces,
Viens enfanter un chef-d'œuvre nouveau :
Peins ces Français... Mais quoi! par sa magie
Déjà ton art me les fait admirer :
Quelle fierté! quelle mâle énergie!
Oui, ce sont eux... Je les vois respirer.

Législateurs qui vous couvrez de gloire,
Par le serment qu'ici vous prononcez,
Sur les tyrans vous gagnez la victoire;
Usez-en bien; ils sont tous terrassés.

Le despotisme, en sa rage exécrable,
Se flatte en vain d'un empire éternel;
Votre serment, ce serment redoutable,
Est pour le monstre un arrêt sans appel!

Vœu superflu! les pères de la France
Brisent le fil de ses brillans destins;
Affreux revers! De sa vive espérance,
Le flambeau meurt et s'éteint dans leurs mains!
En s'élevant contre les fiers despotes,
Mille d'abord veulent tous les frapper;
L'intérêt parle et mes faux patriotes,
Valets du Louvre, y vont soudain ramper.

Pour décevoir à ce point leur patrie,
Est-ce donc l'or, est-ce le fol orgueil
Qui, de l'honneur, dans leur ame flétrie,
Devient, hélas! le trop funeste écueil?
A leur début dans la vaste carrière,
Je vois en eux les plus grands des humains :
Vers le milieu, leur taille est ordinaire,
A peine au bout ils paraissent des nains.

Que prouvent-ils par leur lâche tactique,
Ces imposteurs qu'on nous fit encenser?
Quel jugement l'opinion publique
Sur leur morale a-t-elle à prononcer?

« Que tout mortel sans un cœur magnanime,
» Fût-ce un Solon, n'est qu'un héros d'un jour,
» Cent fois moins fait pour son rôle sublime,
» Que pour l'emploi d'un vil pasquin de cour.

T. Rousseau.

LE PORTRAIT DES ROIS.

1792.

Air nouveau.

Inspiré par le Dieu qui règne en son enceinte,
Peuple, je vais chanter, dans le temple des lois,
Le triomphe immortel de l'égalité sainte,
      Et la chute des rois.

Daignez tous applaudir au zèle qui m'enflamme :
Je saurai vous prouver que les plus grands talens
Doivent céder au feu qu'allume dans mon âme
      La haine des tyrans.

Garans de cette haine et franche et vigoureuse,
Que mes chants, répétés par de nouveaux Romains,
Soulèvent l'univers contre la horde affreuse
      Des odieux Tarquins.

Depuis l'altier Nembrod jusqu'au lâche Tibère,
Depuis notre Clovis jusqu'au dernier Louis,
Quel brigand couronné n'a pas souillé la terre
      De forfaits inouïs?

Despotes insolens, ces monarques féroces,
En le faisant courber sous leur sceptre de fer,
N'ont tous du monde entier, par leurs crimes atroces
    Fait qu'un horrible enfer.

Des droits sacrés de l'homme, usurpateur avide,
Parjure à son serment, et traître envers la loi,
De son pays enfin, cruel liberticide,
    Voilà le premier roi!

Par le peuple choisi pour lui servir de père,
A peine a-t-il le front ceint d'un royal bandeau,
Qu'on lui voit déployer l'infâme caractère
    D'un infâme bourreau.

Tel qu'un tigre affamé, que le besoin dévore,
Écumant de fureur, court les bois et les champs,
Tel ce tyran aveugle et plus terrible encore
    Prend ses ébats sanglans.

Sur la nef de l'état, ici le téméraire
Vole de plage en plage et d'écueil en écueil;
Là, conquérant superbe, il écrase la terre
    Du poids de son orgueil!

Vous tous qui frémissez à l'aspect effroyable
De ce hideux portrait qu'ébauchent mes crayons,

Reconnaissez en lui l'image épouvantable
    Du premier des Nérons!

N'est-il pas temps qu'au bruit de cent foudres qui roulent
Disparaissent soudain ces monstres dévorans?
N'est-il pas temps qu'au bruit de leurs trônes qui croulent
    Tombent tous les tyrans?

Contre la liberté dans leur rage impuissante,
A quoi bon trament-ils tant de complots divers?
La liberté les brave, et partout triomphante,
    Plane sur l'univers!

Peuples fiers et bouillans, sa douceur et ses charmes
Du plus beau feu pour elle embrasant vos grands cœurs
Ne vous feront-ils point tourner enfin vos armes
    Contre vos oppresseurs?

Comme nous, en ce jour, à la voix de la gloire,
Ne vous verra-t-on point, soldats électrisés,
Pour conquérir vos droits, marcher à la victoire
    Sur leurs corps écrasés?

Peuples, voyez déjà le ciel qui nous seconde,
De son arrêt de mort frapper la royauté,
Pour nous faire élever sur le trône du monde
    La sainte Égalité.

Patrone des Français, déité tutélaire,
Daigne fixer pour eux, sous l'empire des lois,
Le bonheur trop long-temps exilé de la terre
    Par les crimes des rois!

Entre les nations, de ta main généreuse,
Formant un doux lien, un nœud cher et sacré,
Ne fais du monde entier qu'une famille heureuse
    Sous ton règne adoré!

Puisse enfin, grâce à toi, l'amitié fraternelle
Sur la terre bientôt déployer à nos yeux,
L'image du bonheur qu'une paix éternelle
    Nous offre dans les cieux!

Par T. ROUSSEAU.

L'ÉGALITÉ,

ODE

SUR LES ÉVÉNEMENS DU 10 AOUT 1792.

Lyre de Pindare et d'Alcée,
Toi qui, secondant leurs transports,
Au feu divin de la pensée,
Mêlas tes sublimes accords ;
O lyre ! viens à mon génie
Marier ta mâle harmonie !
Flamme céleste ! ô liberté !
Embrase-moi ! ma voix s'apprête
A chanter l'heureuse conquête
De notre sainte égalité.

Égalité ! bienfait suprême
Dont nous allons enfin jouir !
Égalité ! qu'à ce nom même
Je sens mon cœur s'épanouir !
Par les préjugés exilée
De cette terre désolée,

Qu'elle a réclamé ce beau jour
Où les charmes de son empire,
Et les doux penchans qu'elle inspire,
Des Français lui rendraient l'amour !

La France est libre ; elle veut l'être :
En vain des tyrans conjurés
Voudraient lui redonner un maître !
Non, tyrans, non... vous échouerez !
Malgré la foudre et les tempêtes,
Qui s'amoncèlent sur nos têtes,
Nous braverons encor vos coups :
Du dix août la noble mémoire
Est le garant de la victoire
Que nous remporterons sur vous.

Déjà, désignant ses victimes,
Trop fier de son impunité,
Le despotisme par ses crimes
Épouvantait cette cité ;
Déjà sa détestable rage
Avait fatigué le courage,
Du soldat qu'il croit épuisé...
Il triomphe !... Paris se lève,
Et de sa masse qu'il soulève,
Le despotisme est renversé.

Voyez-vous marcher les cohortes
Du Finistère et du Midi?
Entendez-vous tomber les portes
D'où le trait de mort est parti?
Tout a fui : l'horrible repaire
Où dès long-temps siégeait la guerre,
En solitude s'est changé.
Le fer a semé le carnage,
L'airain promène le ravage :
Le sang du peuple est trop vengé.

Suspends le cours de ta colère,
Peuple! sois grand, sois généreux :
De la loi le glaive sévère
Doit punir des complots affreux.
Investis de ta confiance,
Les organes de ta puissance;
Ah! ne sont-ils pas tes élus?
C'est par eux que la loi prononce :
Peuple! respecte sa réponse;
Ses oracles sont absolus.

Bientôt une auguste assemblée,
Dépositaire de nos droits,
Viendra, par la France appelée,
Nous délivrer du mal des rois.

Ainsi, lorsqu'aux bords du Scamandre,
Les remparts d'Ilion en cendre,
Expirant un crime odieux;
On vit le maître du tonnerre,
Sur le destin de cette guerre,
Au ciel interroger les dieux.

Mais d'où vient que mon cœur frissonne?
Le tocsin a troublé les airs :
Marchons, soldats! la charge sonne;
Attendrons-nous ici des fers?
Ah! faisons mordre la poussière
A cette horde meurtrière,
A cette mère des tyrans,
Qui, du Danube et de la Sprée,
Vient dévorer cette contrée,
Au nom de deux ou trois brigands.

O vous, pères de la patrie!
Vous, nos dignes législateurs,
Dont le zèle se multiplie
Avec nos dangers, nos malheurs;
Vous parlez... du sein de la terre,
S'élève, pour sauver leur mère,
Une phalange de héros.
Citoyens, volez à la gloire!

Ne rentrez qu'avec la victoire ;
Mais jusque-là plus de repos.

Le succès passe mon attente :
Tout fuit, ou tombe exterminé ;
François et sa ligue insolente,
Brunswick et son illuminé.
Triomphe insigne ! O ma patrie !
Garde la mémoire chérie
Des martyrs de la liberté !
Je vois enfin régner en France
Les lois, l'union, l'abondance,
Fruits heureux de l'égalité !

Par TROUVÉ.

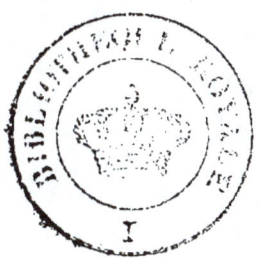

HYMNE

DES MARSEILLAIS,

PREMIER CHANT DE GUERRE

DE LA RÉPUBLIQUE FRANÇAISE.

Allons, enfans de la patrie,
Le jour de gloire est arrivé !
Contre nous de la tyrannie
L'étendard sanglant est levé. *bis.*
Entendez-vous dans les campagnes
Mugir ces féroces soldats ?
Ils viennent jusque dans vos bras
Égorger vos fils, vos compagnes !...
Aux armes, citoyens ! formez vos bataillons !
Marchez !... (*bis*) qu'un sang impur abreuve nos sillons.

Que veut cette horde d'esclaves,
De peuples, de rois conjurés ?
Pour qui ces ignobles entraves,

Ces fers dès long-temps préparés ?
Français, pour vous, ah ! quel outrage !
Quel transport il doit exciter !
C'est vous qu'on ose méditer
De rendre à l'antique esclavage !
Aux armes , citoyens ! etc.

Quoi ! des cohortes étrangères
Feraient la loi dans nos foyers !
Quoi ! ces phalanges mercenaires
Terrasseraient nos fiers guerriers !
Grand Dieu !... par des mains enchaînées ,
Nos mains sous le joug se ploîraient !
De vils despotes deviendraient
Les maîtres de nos destinées !
Aux armes , citoyens ! etc.

Tremblez tyrans ! et vous perfides ,
L'opprobre de tous les partis ;
Tremblez ! vos projets parricides
Vont enfin recevoir leur prix.
Tout est soldat pour vous combattre ;
S'ils tombent nos jeunes héros ,
La France en produit de nouveaux,
Contre vous tout prêts à se battre.
Aux armes , citoyens ! etc.

Français, en guerriers magnanimes,
Portez ou retenez vos coups ;
Épargnez ces tristes victimes,
A regret s'armant contre vous :
Mais le despote sanguinaire ;
Mais les complices de Bouillé ;
Tous ces tigres qui, sans pitié,
Déchirent le sein de leur mère !...
Aux armes, citoyens! etc.

Amour sacré de la patrie,
Conduis, soutiens nos bras vengeurs!
Liberté, liberté chérie,
Combats avec tes défenseurs !
Sous nos drapeaux que la victoire
Accoure à tes mâles accens !
Que tes ennemis expirans
Voient ton triomphe et notre gloire!
Aux armes, citoyens ! etc.

COUPLET DES ENFANS

Ajouté à l'hymne des Marseillais, pour la Fête Civique
du 14 octobre 1792.

Nous entrerons dans la carrière,
Quand nos aînés n'y seront plus ;

Nous y trouverons leur poussière,
Et la trace de leurs vertus.
Bien moins jaloux de leur survivre,
Que de partager leur cercueil,
Nous aurons le sublime orgueil
De les venger ou de les suivre.
Aux armes, citoyens ! formez vos bataillons !
Marchez!... qu'un sang impur abreuve nos sillons.

Par M. Rouget de Lisle.

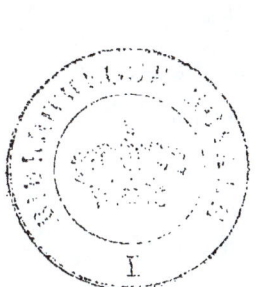

HYMNE

À

LA VICTOIRE.

1793.

LES HOMMES.

Dieu puissant! d'un peuple intrépide
C'est toi qui défends les remparts :
La victoire a, d'un vol rapide,
Accompagné nos étendards.
Les Alpes et les Pyrénées
Des rois ont vu tomber l'orgueil ;
Au Nord, nos champs sont le cercueil
De leurs phalanges consternées.

LE CHŒUR DES HOMMES.

Avant de déposer nos glaives triomphans,
Jurons d'anéantir le crime et les tyrans.

LES FEMMES.

Entends les vierges et les mères,
Auteur de la fécondité :

Nos époux, nos enfans, nos frères,
Combattent pour la liberté;
Et si quelque main criminelle
Terminait des destins si beaux,
Leurs fils viendront sur leurs tombeaux
Venger la cendre paternelle.

LE CHŒUR DES FEMMES.

Avant de déposer vos glaives triomphans,
Jurez d'anéantir le crime et les tyrans.

LES HOMMES ET LES FEMMES.

Guerriers, offrez votre courage;
Jeunes filles, offrez des fleurs;
Mères, offrez, pour votre hommage,
Vos fils vertueux et vainqueurs.
Vieillards, dont la mâle sagesse
N'instruit plus par des actions,
Versez vos bénédictions
Sur les armes de la jeunesse.

LE CHŒUR.

Avant de déposer nos glaives triomphans,
Jurons d'anéantir le crime et les tyrans.

Par J. CHENIER.

❦❦❦❦❦❦❦ ❦❦❦❦❦❦❦❦❦❦❦❦❦❦❦❦❦

PARODIE

DE

L'HYMNE DES MARSEILLAIS.

1793.

Air connu.

Allons, enfans de la patrie,
Le jour de gloire est arrivé!
Contre nous de la tyrannie,
L'étendard en vain s'est levé.   *bis*.
Voyez-vous loin de nos campagnes,
S'enfuir ces féroces soldats,
Qui venaient jusque dans nos bras,
Égorger nos fils, nos compagnes?
Nos armes, citoyens, ont triomphé des rois!
Veillons, (*bis*.) sans nous lasser, au maintien de nos droits

En vain cette horde d'esclaves,
De rois contre nous conjurés,

Nous forgeaient d'ignobles entraves,
Pour jamais nos fers sont brisés.
Mais qu'il succombe sous la rage
Qu'en nos cœurs il doit exciter,
Quiconque osera méditer
De rétablir notre esclavage,
Nos armes, citoyens, etc.

Quoi! ces cohortes étrangères,
N'ont pu dompter nos fiers guerriers,
Et des factieux mercenaires
Feraient la loi dans nos foyers?
Quoi! par eux nos mains enchaînées,
A leur joug se façonneraient;
De vils intrigans deviendraient
Les maîtres de nos destinées?
Nos armes, citoyens, etc.

Tremblez, agitateurs perfides,
Tremblez, les tyrans sont proscrits;
Tous vos projets liberticides,
Vont bientôt recevoir leur prix.
Tout s'arme ici pour vous abattre,
S'il faut périr dans nos travaux,
Nos enfans seront des héros,
Comme nous prêts à vous combattre.
Nos armes, citoyens, etc.

A TOUS LES FRANÇAIS.

Français qu'un même vœu rassemble,
Pour être heureux, soyons unis ;
Ne formons tous qu'un grand ensemble,
Notre salut en est le prix.
Que de la république entière
Chacun de nous soit le soutien,
Dans tous voyons le citoyen,
Et dans le citoyen un frère.
Nos armes, citoyens, etc.

Amour sacré de la patrie,
Remplis désormais tous les cœurs ;
Liberté, liberté chérie,
Vois en nous tes adorateurs ;
A ta voix lorsque la victoire,
Couronne nos premiers exploits,
Ah ! fais qu'à rétablir les lois,
Tout bon Français mette sa gloire.
Nos armes, citoyens, ont triomphé des rois,
Veillons, (*bis*) sans nous lasser, au maintien de nos droits

STANCES

À

L'ÊTRE SUPRÊME.

1793.

Tout manifeste ta grandeur,
Tout annonce aux mortels ta suprême puissance ;
L'ordre de l'Univers et sa magnificence,
    Tout nous prouve un Dieu créateur.

Écoute, incrédule mortel :
Aux accens de ma voix abjure l'athéisme !
Ils sont enfin détruits les jours du fanatisme,
    La raison brise son autel.

Et vous, tyrans audacieux,
Sous les débris pompeux de vos fragiles trônes,
Rentrez dans la poussière ! abaissez vos couronnes
    Devant le souverain des cieux.

Vous sûtes nous en imposer ;
Mais le prestige cesse : osez enfin répondre.

Insensés ! la raison a trop su vous confondre ;
    Elle a su nous désabuser.

    Toi, dont l'éclat frappe nos yeux,
Soleil ! quand tu répands ta lumière féconde,
Quel spectacle imposant tu sais offrir au monde,
    Du haut de ton char radieux !

    Vastes mers dont la profondeur
Offre aux regards surpris une sublime image ;
Par votre majesté, vous m'annoncez l'ouvrage
    De votre bienfaisant auteur.

    Les ruisseaux, les prés et les bois,
Les vallons, les coteaux, la cime des montagnes,
Le tableau consolant des riantes campagnes
    Démontrent ses suprêmes lois.

    Ordre immuable des saisons,
Eh ! quel autre qu'un Dieu put régler votre empire ?
C'est par le mouvement qu'il a su vous prescrire,
    Que la fleur succède aux glaçons.

    Il vous créa, petits oiseaux,
Pour égayer des bois le calme et le silence ;
Dans vos brillans concerts chantez sa bienfaisance ;
    Il assure votre repos.

Le tigre même au fond des bois,
Dans son farouche instinct reconnaît sa puissance;
Et d'une aveugle rage apaisant la vengeance,
    S'arrête aux accens de sa voix.

    Et toi, mortel astucieux,
Toi que ce Dieu forma pour être son image,
Tu sembles réfuter son immortel ouvrage
    Par un sophisme insidieux.

    Ce Dieu pourvoit à tes besoins,
Et tu doutes de lui! tu peux lui faire injure,
Ingrat! ce bienfaiteur de toute la nature,
    Pour toi d'un père a tous les soins.

    Résiste donc à sa bonté!
Après t'avoir donné la raison pour partage,
Par un nouveau bienfait consommant son ouvrage,
    Il te donne la liberté.

    C'est lui qui dirige ton bras;
Il fixe sur tes pas le char de la victoire;
Et, du haut de son trône, environné de gloire,
    Il te guide dans les combats.

    Toujours attentif à tes droits
Qu'une trop longue erreur avait fait disparaître,

Il dit à la raison : faites-les lui connaître ;
   Elle descendit à sa voix.

   D'un culte superstitieux,
Bientôt il détruisit les honteuses chimères
Qui t'ont fait adopter les erreurs mensongères
   De ces prêtres fallacieux.

   Son œil, perçant l'immensité,
De ton long esclavage il a brisé les chaînes ;
Et toujours occupé de soulager tes peines,
   Il t'envoya l'égalité.

   Malgré ton incrédulité,
En punissant les rois il a tari tes larmes ;
Peux-tu douter encore, en goûtant tant de charmes,
   De son pouvoir, de sa bonté ?

   O mon Dieu ! grave dans nos cœurs
La haine des tyrans, l'amour de la patrie !
Vois dans tous les Français ta famille chérie,
   Et sur eux répands tes faveurs.

                              Par C. Dusausois.

***

OFFRANDE

A LA LIBERTE.

1793.

O liberté, fille de la nature !
    Reçois notre hommage et nos vœux ;
    C'est par toi que l'ame s'épure,
    Par tes bienfaits l'homme est heureux :
    Des Français auguste déesse,
    Couronne leurs nobles travaux !
    Des cœurs tu bannis la faiblesse,
Les accens de ta voix font naître des héros.

    Tremblez, tyrans ! la trompe sonne ;
    Nous allons punir vos forfaits ;
La victoire nous suit dans les champs de Bellone ;
    Tout retentit de nos succès.
    Le crime qui vous environne
    Rend tous vos efforts superflus ;
    Partout vous reverrez Fleurus.

POÉSIES

Liberté! c'est pour ta défense
Que le Ciel arma les Français.
Un peuple uni par tes attraits
N'éprouve point de résistance.

Dieu qui créas la liberté,
Quand tu détruisis l'esclavage,
Tu nous donnas l'égalité,
Pour rendre parfait ton ouvrage.

Liberté, c'est pour ta défense
Que le Ciel arma les Français.
Un peuple uni par tes attraits
N'éprouve point de résistance.

Les tyrans souillaient l'Univers
Par les horreurs de l'esclavage!
Ce n'est point pour porter des fers
Que Dieu fit l'homme à son image.

Liberté! c'est pour ta défense
Que le Ciel arma les Français.
Un peuple uni par tes attraits
N'éprouve point de résistance.

Par C. DUSAUSOIS.

━━━━━━━━━━━━━━━━━━━━━━━━━━━━━━━━━━━━━

HYMNE

A

LA LIBERTÉ.

1793.

Descends , ô liberté ! fille de la nature ;
Le peuple a reconquis son pouvoir immortel ;
Sur les pompeux débris de l'antique imposture,
    Ses mains relèvent ton autel.

Venez, vainqueurs des rois, l'Europe vous contemple ;
Venez, sur les faux dieux étendez vos succès ;
Toi, sainte liberté , viens habiter ce temple ;
    Sois la déesse des Français.

Ton aspect réjouit le mont le plus sauvage,
Au milieu des rochers, enfante les moissons ;
Embelli par tes mains, le plus affreux rivage
    Vit environné de glaçons.

Tu doubles les plaisirs, les vertus, le génie ;
L'homme est toujours vainqueur sous tes saints étendards ;

Avant de te connaître il ignorait la vie;
    Il est créé par tes regards.

Au peuple souverain tous les rois font la guerre;
Qu'à tes pieds, ô déesse, ils tombent désormais;
Bientôt sur les cercueils des tyrans de la terre
    Les peuples vont jurer la paix.

Guerriers libérateurs, race puissante et brave,
Armés d'un glaive humain, sanctifiez l'effroi;
Terrassé par vos coups que le dernier esclave
    Suive au tombeau le dernier roi.

                    Par J. CHÉNIER.

&&&&&&&&&&&&&&&&&&&&&&&&&&&&&&&&

HYMNE

À

L'ÊTRE SUPRÊME.

1793.

Père de l'Univers, suprême intelligence,
Bienfaiteur ignoré des aveugles mortels,
Tu révélas ton être à la reconnaissance
    Qui seule éleva tes autels.

Ton temple est sur les monts, dans les airs, sur les ondes ;
Tu n'as point de passé, tu n'as point d'avenir,
Et, sans les occuper, tu remplis tous les mondes
    Qui ne peuvent te contenir.

Tout émane de toi, grande et première cause ;
Tout s'épure aux rayons de ta divinité ;
Sur ton culte immortel la morale repose,
    Et sur les mœurs la Liberté.

Pour venger leur outrage et ta gloire offensée,
L'auguste Liberté, ce fléau des pervers,

Sortit au même instant de ta vaste pensée
　　Avec le plan de l'Univers.

Dieu puissant, elle seule a vengé ton injure;
De ton culte, elle-même instruisant les mortels,
Leva le voile épais qui couvrait la nature
　　Et vint dissoudre les autels.

O toi! qui du néant, ainsi qu'une étincelle,
Fis jaillir dans les airs l'astre éclatant du jour,
Fais plus... verse en nos cœurs ta sagesse immortelle;
　　Embrase-nous de ton amour.

De la haine des rois anime la patrie;
Chasse les vains désirs, le sot orgueil des rangs,
Le luxe corrupteur, la basse flatterie
　　Plus fatale que les tyrans.

Dissipe nos erreurs; rends-nous, rends-nous justes;
Règne, règne au-delà du tout illimité;
Enchaîne la nature à tes décrets augustes,
　　Laisse à l'homme la liberté.

　　　　　　　　　　Par T. Desorgues.

HYMNE

aux

RÉPUBLICAINS.

1793.

Air : Allons, enfans de la patrie.

Vainqueur de l'hydre tyrannique,
Peuple, souverain redouté,
Le vaisseau de la république
Est plus que jamais agité.   *bis.*
Des tyrans la ligue terrible,
Redouble ses affreux succès ;
Et nous, guerriers froids et muets,
Nous dormons d'un sommeil paisible!
Debout, Républicains ! allons tous à la fois,
Allons (*bis*) exterminer jusqu'au dernier des rois

De leurs parricides cohortes
Nos cités, nos champs sont couverts;
Les voilà qui sont à nos portes,
Ils donnent la mort ou des fers.

Le Nord souillé de leur présence,
Atteste leur atrocité,
Si ce torrent n'est arrêté,
Plus de liberté, plus de France.
Debout, Républicains! etc.

Du haut de la sainte montagne,
Qu'au loin s'élancent des volcans,
Qui d'Italie et d'Allemagne,
Brûlent les trônes chancelans;
Qu'ils pulvérisent les despotes,
De Londres, Madrid et Berlin;
Que le monde pour souverain
N'ait qu'un peuple de Sans-Culottes.
Debout, Républicains! etc.

C'est peu de purger la frontière,
De ces esclaves forcenés;
Il faut purger la terre entière
De tous les tigres couronnés;
Il faut anéantir la race
De tous ces indignes tyrans;
Des cannibales conquérans
Que rien ne conserve la trace.
Debout, Républicains! etc.

Sans la liberté, qu'est la vie?
Un long, un pénible trépas;
Et sans l'amour de la patrie,
Que sont les plus vastes états?
Un bois, où des monstres sauvages
S'enivrent du sang des humains:
Et nous tomberions dans les mains
De ces monstres anthropophages.
Debout, Républicains! etc.

Fanatiques de la Vendée,
Et toi, déplorable Lyon,
Voyez l'affreuse destinée,
D'une aveugle rebellion.
La République vous invite
Au partage de ses lauriers;
Accourez, ou sur vos foyers
Le peuple entier se précipite.
Debout, Républicains! etc.

Souvent on a juré sans gloire,
Ou la mort ou la liberté;
Ne jurons plus que la victoire;
C'est jurer l'immortalité.
Du Tanaïs aux bords du Tibre,

Tout imitera ce serment ;
Pour le monde entier renaissant,
Être debout, c'est être libre.
Debout, Républicains ! etc.

A nos côtés s'il marche un traître,
Qui recule au bruit du canon ;
Parmi nous s'il ose paraître
Un soldat de Pitt, de Bourbon ;
Qu'à l'instant l'infâme périsse !
Les traîtres sont trop pardonnés :
Par eux vendus, assassinés,
Faut-il leur être encor propice ?
Non, non, Républicains, allons tous à la fois,
Sachons (*bis*) exterminer les traîtres et les rois.

Guerriers, soutiens de la patrie,
Des tyrans, illustres fléaux,
Vous qu'une horrible perfidie
Mit sous le fer de ses bourreaux ;
N'accusez plus notre indolence
A profiter de vos leçons ;
Nous l'avons juré, nous partons,
Pour le triomphe et la vengeance.
Debout, Républicains ! etc.

Oui, la victoire impatiente,
Amis, nous appelle aux combats;
Sous la montagne triomphante,
Titres vains, autels, trône, à bas!
La loi, voilà le diadème
D'un peuple libre et généreux;
La liberté, voilà ses dieux,
Et sa grandeur est dans lui-même.
Debout, Républicains! etc.

Fils des Gaulois, race d'Alcide,
Au combat volez les premiers;
Vous allez, jeunesse intrépide,
Les premiers cueillir les lauriers;
C'est pour vous que brille l'aurore
Des bienfaits de la liberté;
Sur tout le globe racheté,
C'est par vous qu'elle doit éclore.
Debout, Républicains! etc.

De toutes parts le tocsin sonne,
Hâtons-nous de nous réunir;
Se montrer au champ de Bellone,
Ce sera vaincre et revenir.
Dès-lors plus de rois, plus de guerre;
Le monde affranchi pour jamais

Jouit d'une éternelle paix ;
C'est un paradis que la terre.
Debout, Républicains ! allons tous à la fois,
Allons (*bis*) exterminer jusqu'au dernier des rois.

LE

BONNET DE LA LIBERTÉ.

1793.

Air : Du haut en bas.

Que ce bonnet
Aux bons Français donne de graces !
Que ce bonnet
Sur nos fronts fait un bel effet !
Aux aristocratiques faces
Rien ne cause tant de grimaces
Que ce bonnet.

Que ce bonnet
Femmes, vous serve de parure ;
Que ce bonnet
Des enfans soit le bourrelet ;
A vos maris je vous conjure
De ne donner d'autre coiffure
Que ce bonnet.

De ce bonnet,
Tous les habitans de la terre,

De ce bonnet
Se couvriront le cervelet;
Et même un jour quelque commère
Affublera le très Saint-Père,
De ce bonnet.

Par un bonnet,
France, assure-toi la victoire;
Par un bonnet
Ton triomphe sera complet;
Que les ennemis de ta gloire
Soient chassés de ton territoire
Par un bonnet.

HYMNE

À

LA RAISON.

1793.

Auguste compagne du sage,
Détruis des rêves imposteurs ;
D'un peuple libre obtiens l'hommage ;
Viens le gouverner par les mœurs.

O ! raison, puissance immortelle,
Pour les humains tu fis la loi ;
Avant d'être égaux devant elle,
Ils étaient égaux devant toi.

Inspire à l'active jeunesse,
Des exploits l'illustre désir ;
Accorde à la sage vieillesse,
Un doux et glorieux loisir.

Victimes d'intérêts contraires,
Les humains s'opprimaient entr'eux ;

Réunis tous ces peuples frères,
Dont les rois ont brisé les nœuds.

Ton éclat, exempt d'imposture,
Ressemble à l'éclat d'un beau jour ;
Ta flamme, bienfaisante et pure,
Rallume les feux de l'amour.

Sur tes pas, l'austère sagesse,
Amenant l'aimable gaîté,
Des arts la troupe enchanteresse
Vient couronner la liberté !

Par J. CHÉNIER.

ODE PATRIOTIQUE

sur

LES ÉVÉNEMENS

de 1792.

C'est depuis long-temps que ma lyre,
Amante de l'Égalité,
Préludait à la liberté,
Dans son prophétique délire.
Ces jours prédits à nos neveux
S'avancent en comblant nos vœux :
Ma lyre n'est point mensongère ;
Le souverain reprend ses droits,
Et leur couronne passagère
Expire sur le front des rois.

Eh ! que peut une ligue infame
De tous les brigands couronnés,
Contre ces peuples détrônés
Qu'un noble désespoir enflamme !
O couple trop fallacieux !
Que de complots séditieux !

Que d'espérances homicides!
Vous vous armiez de nos bienfaits,
Et vos mains, de carnage avides,
Nous payèrent par des forfaits.

Grand Dieu! je crois entendre encore
Tonner les bronzes en courroux!
Hélas! sur qui tombent leurs coups?
Un trouble mortel me dévore.
O jour de sang! ô jour d'effroi!
Qui vaincra d'un peuple ou d'un roi?
Mais déjà cesse leur tonnerre...
L'affreux despotisme a cédé :
C'en est fait! du sort de la terre
Un seul moment a décidé.

Soleil, témoin de la victoire,
Applaudis ces brillans essais!
Sois fier d'éclairer des Français ;
Répands tes feux et notre gloire !
Que, sur leurs trônes chancelans,
Tous les rois, pâles et tremblans,
Craignent la même destinée!
Enfin les peuples ont leur tour;
Et leur justice mutinée,
Les venge d'un aveugle amour.

Venez voir, conseillers sinistres,
Un roi sans peuple, sans amis!
Vous seuls fûtes ses ennemis,
Vils courtisans, lâches ministres!
Où sont-ils vos secours vainqueurs?
Il pouvait régner sur les cœurs
Ce monarque faible et parjure ;
Il prétend régner sur des morts !
Vainement la pitié murmure :
Le Ciel veut plus que des remords.

Quelle est cette ombre épouvantée,
Louis, qui frappe ton regard?
« Malheureux ! reconnais Stuart
» A ma couronne ensanglantée.
» Hélas ! trop égaux en revers,
» Victimes de conseils pervers,
» Notre faiblesse fut un crime.
» Vois-tu l'appareil menaçant !...
» Viens, viens. » Il dit, et dans l'abîme
Stuart le plonge en l'embrassant.

Abus de la toute-puissance,
Tu deviens son fatal écueil !
Tu précipites au cercueil
Tout prince qu'un flatteur encense.

9

Néron même eut quelques vertus :
On lui crut l'ame de Titus,
Rome le nomma ses délices ;
Et Charles, horreur de l'Univers,
Avant le poison des Narcisses,
Cultivait les arts et les vers.

Je l'exhumai, ce misérable !
Je l'arrachai de son tombeau ;
Je le traînai jusqu'au flambeau
De l'avenir inexorable.
Ivre d'un zèle généreux,
Je gravai sur son trône affreux
Son nom tout sanglant d'homicides ;
Et, mieux que nos faibles sénats,
De ce roi, fils des Euménides,
J'ai puni les assassinats.

Si l'Égypte, école des sages,
Jugea ses rois ensevelis,
Que n'ont les monarques des lis
Subi ses antiques usages !
Ah ! quand il a perdu le jour,
De l'esclave de Pompadour
Si l'on eût dénoncé la vie,
L'horreur des crimes paternels

Eût, à sa race poursuivie,
Sauvé des complots criminels.

Aux rois, aux peuples, à la terre,
Nous avions tous juré la paix.
Les rois s'arment; ah! désormais
Qu'ils tremblent! nous jurons la guerre.
Soldats, esclaves des tyrans,
Vous tomberez, lâches brigands,
Sous nos armes républicaines!
Plus grands que ces Romains si fiers
Qui donnaient au monde des chaînes,
Peuples, nous briserons vos fers.

C'est en vain que le Nord enfante
Et vomit d'affreux bataillons;
Leur corps est promis aux sillons
De notre France triomphante.
Deux sœurs, immortelles cités!
Thionville, aux murs indomptés,
Brave et repousse leur furie:
Lille, tes débris glorieux
De leur atroce barbarie
Sont fumans et victorieux.

Des Beaurepaire, des Désille,
La mort a prédit nos succès.

Venez, phalanges de Xercès,
Et nous aurons nos Thermopyles !
Plus heureux que Léonidas,
Le chef de nos braves soldats,
Avec l'Olympe auxiliaire,
Les chassera loin de nos murs,
Comme l'astre qui nous éclaire
Chasse des nuages impurs.

Pareils aux flots de ces ravines
Dont le bruit sème la terreur,
Ils s'avançaient, et leur fureur
Méditait de vastes ruines.
Leurs vœux se disputaient nos biens ;
Du meurtre de nos citoyens
Ils ensanglantaient leurs pensées.
Ils ont paru ; mais ils ont fui,
Comme ces feuilles dispersées
Qu'Éole souffle devant lui.

Oui, le ciel jura leur défaite ;
Le ciel arme les élémens.
Voyez sur les ailes des vents
La mort qui poursuit leur retraite.
En vain couverts d'un triple acier,
Tombent en foule homme, coursier :

Ils mordent nos plaines sanglantes,
Triste pâture des vautours,
Non loin des villes opulentes
Dont leur esprit brisait les tours.

O renommée ! à ces nouvelles,
A ces prodiges que tu vois,
Prête l'éclat de tes cent voix ;
Ranime tes rapides ailes !
Va, par un fidèle rapport,
Glacer le despote du Nord :
Conte au Danube, au Boristhène,
Que, vengeur de sa liberté,
Le Français de Sparte et d'Athène
Surpasse l'antique fierté.

Des Alpes jusqu'aux Pyrénées,
Partout sous les drapeaux flottans
Courent nos jeunes combattans,
Ces ames de gloire effrénées.
L'Allobroge, amant de nos lois,
Ouvre tous ses murs à la fois :
Le Var nous a soumis ses ondes ;
Et le Rhin, cachant sa terreur,
Frémit, dans ses grottes profondes,
De son impuissante fureur.

La Seine, qui vit son rivage
Chargé de monarques épars,
Y promène enfin ses regards,
Libre de rois et d'esclavage.
Belle nymphe, honneur de Paris,
Au sein de Neptune surpris
Roule ton onde souveraine;
Et que tous les fleuves divers
Te reconnaissent pour leur reine,
Dans le palais du Dieu des mers.

Quoi! ressuscité par la honte,
Le reste de ces légions
Va chercher d'autres régions
Où déjà leur Mars nous affronte!
Pour tenter un nouveau hasard,
Armés de tout ce que peut l'art
Dont jadis Vauban fut le maître,
Les voilà fiers et menaçans!
Français! la valeur doit renaître
Avec les périls renaissans.

Non, non, rien n'est inaccessible
A qui prétend vaincre ou périr :
Ce cri, vivre libre ou mourir!
Est le serment d'être invincible.

En vain cent tonnerres croisés,
Grondant sur ces monts embrasés,
Opposent trois remparts de flamme;
Parmi ces orages brûlans,
Chefs, soldats, prodiguez votre ame;
Triomphez sur des corps sanglans.

Ils l'ont fait : le lion belgique
A vu fuir l'aigle des Germains;
Il rugit, charmé que nos mains
Aient rompu son joug tyrannique.
L'ombre de nos seuls étendards
Fait tomber les tours, les remparts;
Bruxelles voit briser ses portes;
Et le souffle de nos guerriers,
Précipite au loin ces cohortes
Qui menacèrent nos foyers.

Mais vous, généreuses victimes,
Qui repoussâtes leur effort,
Vous ne perdez point votre mort!
Vos exploits furent légitimes ;
Vos tombeaux sont parés de fleurs.
Un encens qu'arrosent nos pleurs
Vous suit jusqu'aux voûtes célestes;
Et Mars, dont le rapide char

Vous enlève aux Parques funestes,
Vous fait partager le nectar.

Ouvre tes portes immortelles,
Panthéon! reçois ces héros :
Que sur le marbre de Paros
Y revivent leurs traits fidèles !
Que les chantres et les guerriers
Y ceignent les mêmes lauriers!
Et toi, dont je fus l'interprète,
Déesse aux accens belliqueux,
Liberté! fais que ton poète
Y repose un jour avec eux.

Mais que dis-tu quand tu contemples
Les honneurs vains et criminels
Des usurpateurs solennels
Dont la cendre envahit nos temples?
C'est trop respecter le néant
D'un roi cruel ou fainéant;
C'est trop respecter sa poussière.
Moins crédules que nos aïeux,
Abjurons cette erreur grossière
Qui les changeait en demi-dieux.

Purgeons le sol des patriotes,
Par des rois encore infecté;

La terre de la liberté
Rejette les os des despotes.
De ces monstres divinisés
Que tous les cercueils soient brisés !
Que leur mémoire soit flétrie !
Et qu'avec leurs mânes errans
Sortent du sein de la patrie
Les cadavres de ces tyrans.

Par LEBRUN.

LE

CRI DE MORT

CONTRE LES ROIS.

1793.

Air : Aussitôt que la lumière.

Que nous.veut la ligue impie
De ces potentats cruels?
Te verrai-je, ô ma patrie!
Tomber sous leurs coups mortels?
Dieux! leur orgueil despotique
En un lugubre tombeau
Va-t-il de la République
Changer l'éclatant berceau ?

A cette barbare idée,
Qui de nous, saisi d'horreur,
N'a pas l'ame possédée
D'une bouillante fureur?
Dans le feu qui me dévore,
Pour moi, volant au danger,
De ces brigands que j'abhorre
Je brûle de me venger!

Le Français, peuple de braves,
Seul appui de l'univers,
De vingt nations esclaves
A déjà brisé les fers :
Dédaignant, par la victoire,
Au loin d'étendre ses droits,
Il n'aspire qu'à la gloire
D'exterminer tous les rois.

Mais, puisqu'à l'heure où nous sommes,
Sonne celle des combats,
Tremblez, affreux mangeurs d'hommes,
Tremblez ! Je vois nos soldats :
Chacun d'eux, pour être libre,
Changeant nos villes en camps,
Du Rhin jusqu'aux bords du Tibre,
Jure la mort des tyrans.

Honteux de leur joug infame,
O Bataves, levez-vous !
Que notre exemple t'enflamme,
Fier Anglais, imite-nous :
Sous l'oppresseur qui s'apprête
Lâchement à te frapper,
Iras-tu courber la tête,
Quand tu peux la lui couper?

Accourez, nouveaux Alcides,
Fondez sur tous ces Nérons;
De leurs races parricides
Frappez jusqu'aux rejetons :
Foulez aux pieds les couronnes
De ces trop coupables rois,
Et que le plus beau des trônes
Soit pour vous celui des lois.

Par T. ROUSSEAU.

❦❦❦❦❦❦❦❦❦❦❦❦❦❦❦❦❦❦❦❦❦❦❦❦❦❦❦❦❦❦

L'INUTILITÉ DES PRÊTRES.

1793.

Air du vaudeville des Visitandines.

Va, va, mon père, je te jure,
Que par la mort des préjugés,
Les sentimens de la nature
Sont loin d'avoir été changés; *bis*.
Pour chérir l'auteur de mon être
Et voter son parfait bonheur ;
Il me suffira de mon cœur,
Je n'aurai pas besoin de prêtre. *bis*.

Victime faible, quoique sage,
Des religieuses erreurs,
O ma mère, sur ton visage
Pourquoi vois-je couler des pleurs ?
La routine te fait peut-être
Regretter un sot confesseur ?
Verse tes chagrins dans mon cœur ;
Un fils console mieux qu'un prêtre.

O mon épouse, ô ma compagne !
Tu vois combien j'avais raison ;
Tu sentiras tout ce qu'on gagne
A régler seule sa maison.
Était-il un guide plus traître
Que ce qu'on nommait directeur ?
Il te suffira de mon cœur ;
Nous n'aurons pas besoin de prêtre.

Viens, mon fils, viens aussi, ma fille,
Ne craignez plus qu'un précepteur,
En se glissant dans ma famille,
Vous souffle un venin corrupteur.
Pour vous faire à tous deux connaître
Les vrais principes de l'honneur,
Il me suffira de mon cœur,
Je n'aurai pas besoin de prêtre.

O vous que j'aime et que j'honore,
Des campagnes bons habitans,
On voudrait vous tromper encore ;
Mais attendez jusqu'au printemps :
Quand vous verrez les blés renaître,
Quand vous verrez la vigne en fleur,
Avec nous vous direz en chœur :
Et tout ça vient pourtant sans prêtre.

Je suis homme, et de mon semblable
Rien ne saurait m'être étranger ;
Dès que j'entends un misérable
Demander à boire, à manger ;
Pour l'abreuver, pour le repaître,
Sans mettre à cela de valeur,
Je ne consulte que mon cœur,
Et je n'ai pas besoin de prêtre.

Examinez ce fin lévite
Et ce gros docteur de la loi,
Tous les deux comme ils passent vite,
Près d'un blessé qui crie : A moi !
Mais il survient un pauvre rêtre
Qui le secourt dans son malheur ;
Jésus veut dire qu'un bon cœur
N'est ni d'un riche, ni d'un prêtre.

Engeance adroite et fanatique
Qui viviez jadis de l'autel,
Voulez-vous de la République
Obtenir un pardon formel?
En uniforme, en casque, en guêtres,
Armez vos bras d'un fer vengeur,
Et perdez, en prenant du cœur,
Votre caractère de prêtres.

Adieu, psaumes, prières vaines,
Faites place à nos chants guerriers :
Loin des troupes républicaines
Les capucins, les aumôniers !
Pour ne pas recevoir de maître
Et pour nous battre avec valeur,
Il nous suffit de notre cœur,
Nous n'avons pas besoin de prêtre.

Liberté, pour sauver la terre
Tu mis au jour l'Égalité :
De l'Égalité, sans mystère,
Procède la Fraternité.
O Trinité de nos ancêtres,
Vaudrais-tu celle aux trois couleurs !
Son culte est fait pour tous les cœurs,
Les Français sont ses premiers prêtres.

Alors qu'il me faudra descendre
Au champ d'un éternel repos,
O mes amis, portez ma cendre
Sous l'herbe des rians coteaux.
Et puisse l'écorce d'un hêtre,
Près de là, dire au voyageur :
En ces lieux repose un bon cœur,
Qui n'y fut pas mis par un prêtre.

Et si l'on connaît l'existence
Par-delà ce terme fatal;
Si Dieu, contre toute apparence,
Me traduit à son tribunal,
Je ne craindrai point d'y paraître
Et de lui dire en ma faveur :
Jamais je ne t'ai, dans mon cœur,
Cru semblable au dieu d'aucun prêtre.

Par Piis.

10

LA

VERSAILLAISE.

1793.

Quels accens, quels transports, partout la gaîté brille
La France est-elle donc une seule famille ?
Au lieu même où les rois étalaient leur fierté,
    On célèbre la liberté. (*bis.*)
Est-ce une illusion ? suis-je au siècle de Rhée ?
J'entends chanter partout d'une voix assurée :
Nous ne reconnaissons, en détestant les rois,
Que l'amour des vertus et l'empire des lois.

Quel spectacle enchanteur ! Au nom de la Patrie,
Tout s'anime, tout prend une nouvelle vie ;
Le vieillard semble encor, par sa vivacité,
    Renaître pour la liberté ;
Et l'enfant, accusant la faiblesse de l'âge,
S'irrite d'être jeune et chante avec courage :
Nous ne reconnaissons, en détestant les rois,
Que l'amour des vertus et l'empire des lois.

Enfans, guerriers, vieillards, épouses, filles, mères,
Le riche citoyen, l'habitant des chaumières,
Tous jurent, réunis par la fraternité,
    De mourir pour la liberté.
En chassant les Tarquins, Brutus ne vit que Rome.
Pour reformer le monde, instruits par ce grand homme,
Ne reconnaissons plus, en détestant les rois,
Que l'amour des vertus et l'empire des lois.

Jadis d'un oppresseur l'injuste tyrannie,
Assouvissait sur nous sa fureur impunie;
Et l'homme vertueux, dans la captivité,
    Soupirait pour la liberté.
Maintenant l'homme juste a brisé ses entraves;
Les Français, indignés de s'être vus esclaves,
Ne reconnaissent plus, en détestant les rois,
Que l'amour des vertus et l'empire des lois.

Peuples, qui gémissez sous un joug tyrannique,
Venez voir le Français à sa fête civique :
Comparez vos terreurs à la sérénité
    Des enfans de la liberté.
Comparez à vos fers ces guirlandes légères,
Que porte en s'embrassant tout un peuple de frères;
Vous ne reconnaîtrez, en détestant les rois,
Que l'amour des vertus et l'empire des lois.

Voyez ces monumens d'un luxe asiatique ;
Ils attestent l'abus du pouvoir despotique ;
Voyez briller partout ce métal détesté,
        Si funeste à la liberté.
Comparez tout ce faste à l'affreuse misère,
Que le pauvre opprimé souffre dans sa chaumière ;
Vous ne reconnaîtrez, en détestant les rois,
Que l'amour des vertus et l'empire des lois.

De l'orgueil des tyrans le peuple était victime :
La vertu travaillait pour enrichir le crime.
Superbes ornemens, que vous avez coûté
        Aux amis de la liberté !
Sur l'or de ces tapis, sur chaque broderie,
Je crois voir ruisseler le sang de ma patrie :
Oui, je ne reconnais, en détestant les rois,
Que l'amour des vertus et l'empire des lois.

Parfois, fuyant leur cour, dans un riche ermitage,
Les rois cherchent la paix que l'on trouve au village ;
Esclaves des grandeurs, ils n'ont jamais goûté
        Les douceurs de la liberté.
Rêveurs dans les plaisirs, et de remords victimes,
Ils cherchent, en secret, le bonheur dans les crimes.
Oui, je ne reconnais, en détestant les rois,
Que l'amour des vertus et l'empire des lois.

Périssent les tyrans ! périsse leur mémoire !
Attachons à leur nom la flamme expiatoire ;
Brûlons ces titres vains de féodalité
    En l'honneur de la liberté.
Prompt à nous imiter, que l'univers apprenne
Qu'enfin libres, heureux, sur les bords de la Seine,
Nous ne reconnaissons, en détestant les rois,
Que l'amour des vertus et l'empire des lois.

AUX MANES DES DÉFENSEURS DE LA PATRIE.

Héros, qui conservez sur le sombre rivage,
La haine pour les rois, l'horreur pour l'esclavage,
Votre cœur est encor de plaisir transporté
    Aux accens de la liberté.
Brutus et Scévola, et le sage d'Utique,
S'unissent avec vous pour chanter ce cantique :
Nous ne reconnaissons, en détestant les rois,
Que l'amour des vertus et l'empire des lois.

LES

ROIS DE FRANCE.

1793.

Jadis on voyait sur la France
Régner des monstres sans pudeur,
Dont l'ambitieuse ignorance
Du peuple faisait le malheur. (*bis.*)
Dans leurs palais, ces sots despotes,
Revêtus d'un brillant pourpoint,
Entretenaient leur embonpoint
Du plus pur sang des sans-culottes.
Français, républicains, conquérans de vos droits,
Frappez (*bis*) tous ces tyrans, profanateurs des lois.

Ces tigres, sans cesse à l'école
De plus d'un fourbe accrédité,
Ils se jouaient de leur parole
Sous les traits de la probité,
Ne ménageant point les ressources
Que leur procuraient nos bienfaits;

Aux vils agens de leurs forfaits,
Ils prodiguaient l'or de nos bourses.
    Français, etc.

Quand, riches de notre indigence,
Ils voyaient notre sort affreux,
Ils vendaient le pain de la France
Pour servir leurs goûts odieux.
La plainte n'était point admise ;
L'infortune avait beau crier :
Monstres !... prendre et ne rien payer
Était votre chère devise.
    Français, etc.

En pillant de toutes manières ;
L'un, sous des traits religieux,
Par la pompe de ses prières
S'efforçait d'attirer nos vœux :
L'autre, sans mœurs et plein d'audace,
Coupable avec impunité,
Flattait le vice déhonté,
Et bravait les vertus en face.
    Français, etc.

A l'instant où de leur vengeance
Nous devions ressentir les traits,

Oh! cruelle et perfide engeance !
Ils se montraient doux, satisfaits.
S'appuyant d'un saint privilége
Usurpé sur le souverain,
Ils trahissaient le genre humain,
En punissant un sacrilége.
            Français, etc.

Ils sont rentrés dans les ténèbres,
Ces grands rois, lâches, libertins,
Buveurs fameux, chasseurs célèbres,
Jouets des plus viles catins.
O vous que rien ne décourage,
Vrais amans de la Liberté,
Établissez l'égalité
Sur les débris de l'esclavage.
Français, républicains, conquérans de vos droits,
Frappez (bis) tous ces tyrans, profanateurs des lois.

STROPHES

A

L'ÊTRE SUPRÊME.

1793.

Air des Montagnards.

Trop long-temps des Dieux fantastiques
Ont fait trembler tout l'univers ;
Au nom de ces Dieux chimériques,
Des scélérats rivaient nos fers.
Le peuple libre d'anathême,
Frappant la superstition,
Vient adorer l'Être suprême
Dans le temple de la raison.

Ce Dieu n'est point le Dieu des prêtres,
Injuste, cruel, orgueilleux ;
Le créateur de tous les êtres
Nous fit naître pour être heureux.
Qu'en nos mains l'encensoir se brise :
Rejetons un culte imposteur ;

Abjurons l'esprit de l'église,
Mais respectons le Créateur.

Vérité, raison et lumière,
Tels sont ses dignes attributs;
Son temple est la nature entière,
Et son encens sont nos vertus.
Entendons sa voix qui nous crie :
On doit chérir l'humanité;
Ne vivre que pour la patrie,
Et mourir pour la liberté.

En abjurant le fanatisme,
Fuyez un piége dangereux;
Voyez le hideux athéisme
Qui cherche à fasciner nos yeux :
Mais peut-il voiler la lumière?
Contre lui nos cœurs sont témoins;
Si le crime a souillé la terre,
La vertu n'existe pas moins.

Contre nous des complots perfides
Se renouvellent chaque jour;
Chaque jour ces plans parricides
Sont déconcertés tour-à-tour :

Quel homme aveugle ou téméraire,
Dans ces prodiges réunis,
Méconnaîtrait la main d'un père
Qui soutient des enfans chéris ?

De nos champs voyez la richesse ;
Voyez ces grappes, ces épis :
Sous nos pieds la terre s'empresse
De nous prodiguer tous ses fruits :
Eh ! n'est-ce pas la Providence
Qui féconde ainsi nos guérets ?
Qui,... tout prouve son existence,
Et tout atteste ses bienfaits.

Quand sur Dieu l'homme s'interroge,
Qu'en soi-même il veut y songer,
Il dit : le monde est une horloge
Dont il existe un horloger.
D'avoir fait cet œuvre admirable,
Pour dignement le remercier,
Faisons une action louable
A chaque trait du balancier.

Par ARISTIDE VALCOURT.

ODE

RÉVOLUTIONNAIRE.

1793.

Ils sont donc expirés, ces jours de despotisme
Où les peuples, jouets des prêtres et des grands,
Inondaient de leurs pleurs l'autel du fanatisme,
De leur sang inondaient les trônes des tyrans?

Que sont-ils devenus, ces tyrans fanatiques?
Quel bras a pu briser ces trônes, ces autels?
Qui peut avoir détruit ces préjugés antiques,
L'opprobre et la terreur des malheureux mortels?

Qui? la raison. En vain aux flots de sa lumière,
Cent siècles de mensonge et de crédulité,
Prétendaient opposer leur honteuse barrière;
Elle a lui : de son sein jaillit la vérité.

Souvent les aquilons, précurseurs de l'orage,
Du Dieu brillant du jour ont fait pâlir le front;

Mais l'a-t-on jamais vu, victime de leur rage,
De ténèbres sans fin subir l'indigne affront?

O raison! je t'entends : à tes accens sublimes
La liberté renaît, l'ignorance s'enfuit;
La superstition, fille et mère des crimes,
Se plonge en frémissant dans l'éternelle nuit.

Ministres impuissans de tyrans sanguinaires,
Que peuvent contre nous vos efforts insensés?
La France brisera vos glaives mercenaires
Sur les corps palpitans de vos rois écrasés.

Sortez, sortez plutôt de votre longue ivresse;
A nos bras fraternels que vos bras soient unis :
La liberté, voilà votre unique déesse;
Vos prêtres, vos tyrans, voilà vos ennemis.

Peuples, ne formons plus qu'une seule patrie;
Marchons... mais quel spectacle a frappé mes regards?
Je te vois, je t'entends, divinité chérie.
Liberté, nous volons sous tes saints étendards.

Éveillez-vous enfin, et saisissez vos armes,
Esclaves, qui rampez sur ce vaste univers;
Sa généreuse main saura tarir vos larmes;
Son bras victorieux saura briser vos fers.

Mais quel fracas soudain? Partout gronde la foudre;
Sur l'aile de la mort elle vole en tous lieux.
Les autels sont brisés, les trônes sont en poudre;
Les tyrans sont détruits, et le monde est heureux.

La douce égalité règne enfin sur la terre.
Elle parle; il n'est plus d'opulence et de rangs,
Et le peuple, soumis à sa loi salutaire,
Foule à ses pieds vainqueurs les riches et les grands.

Tel jadis, couronné de fastueux portiques,
L'Etna, pompeusement, sur son front glorieux,
Étalait et les monts et les rochers antiques
Dont la tête superbe osait braver les cieux.

Tandis que sous ses pieds, tapissés de verdure,
Rampaient timidement le modeste vallon,
Et le roseau fragile, et la cabane obscure,
Jouets infortunés du farouche aquilon.

Soudain l'air s'obscurcit, la terre tremble et gronde,
Et de son sein vomit, vers le ciel embrasé,
Un océan de feu, qui roule sur son onde,
De l'orgueilleux Etna le front pulvérisé.

Le bruit cesse ; la nuit fait place à la lumière :
Dominant à son tour les monts déracinés ,
L'humble vallon s'élève, et l'obscure chaumière
Plane sur les débris des palais calcinés.

Par Théveneau.

DÉVOUEMENT

DE LA

PREMIÈRE RÉQUISITION.

1793.

Air connu.

Où sont-ils, ces rois dont la haine
Menaçait nos champs désolés?
Mon œil les demande à la plaine ;
Comme l'onde ils sont écoulés.
Plein de l'horreur qui les inspire,
Ils rêvaient, dans leur vain délire,
Paris, de meurtres ruisselant.
Mort aux ennemis de la France !
Le sommeil fuit, le jour s'avance,
Et le réveil sera sanglant.
Marchez, chers enfans de la guerre !
Que rien ne borne votre essor.
Marchez... (bis.) tant qu'il lui reste à faire,

Le Français n'a rien fait encor.
   Tant qu'il lui reste à faire
Le Français n'a rien fait encor.
Marchez, etc...

Entendez-vous ces cris de joie
Se répondre de tout côté?
Déjà sur les monts se déploie
L'étendard de la liberté.
Du haut des Alpes étonnées,
Jusques au fond des Pyrénées,
La terre s'émeut à nos voix;
Et dans sa course fugitive,
Suspendant son onde attentive,
Le Tibre a tressailli trois fois.
Marchez, etc.

C'en est fait; le ciel se déclare :
L'éclair précurseur a brillé.
La chute des rois se prépare;
Sous leurs pieds la terre a tremblé.
C'est en vain que, près du naufrage,
Ils se débattent dans leur rage;
L'arrêt des destins est porté :
Et leur supplice qui commence

Doit, d'une longue indifférence,
Absoudre la divinité.
Marchez, etc.

Et nous, posant les saintes armes
Que nous remit la liberté,
En paix nous goûterons les charmes
D'une douce fraternité.
Mais où m'égare mon délire ?
La charge sonne !... et de ma lyre
Les sons amolliraient les cœurs ?...
Lâche, qui regarde en arrière !
Ce n'est qu'au bout de la carrière
Que le prix attend les vainqueurs.
Marchez, etc.

Par DAVRIGNY.

ODE

ᴀ

LA LIBERTÉ.

1793.

Quelle est cette fière déesse
Qui se révèle à l'univers ?
Autour d'elle je vois des fers
Brisés par sa main vengeresse :
La tyrannie, à son aspect,
Sur son trône craint et chancelle ;
Et les peuples au-devant d'elle
Courent saisis d'un saint respect.

Fille auguste de la nature,
Liberté ! je te reconnais;
Tu viens combler de tes bienfaits
La race présente et future.
Le Français au seul nom de Roi,
Soulevé contre un long outrage,
S'indigne de son esclavage,
Le Français est digne de toi.

Quatorze siècles d'ignorance
Sous le joug le tenait courbé;
De ses yeux le voile est tombé;
Un nouveau jour luit pour la France.
Les temps, les esprits sont changés :
Plein de ta présence divine,
Le peuple a, jusqu'en sa racine,
Sapé l'arbre des préjugés.

Eh quoi! l'homme à l'homme osait dire :
« Je suis né roi, tout m'est permis;
» Je parle, baisse un front soumis ;
» Obéissance à mon empire !
» Tremble d'opposer à ma voix
» Une résistance insensée ;
» J'enchaîne jusqu'à ta pensée ,
» Et mes seuls desirs sont tes lois. »

Honte éternelle de nos pères !
Par un tel langage insultés,
Tour à tour vendus, achetés,
Ils n'ont point vengé leurs misères.
Non, cet honneur nous était dû.
Grâce à la raison qui l'éclaire,
La nation se régénère ,
Le despotisme est confondu.

Tombez, murailles insolentes * ;
Écroulez-vous affreux remparts ;
Qui dérobiez à nos regards
Tant de victimes innocentes !
Que maintenant notre œil surpris,
Après votre chute superbe,
Reconnaisse à peine sur l'herbe,
L'empreinte de vos longs débris !

Vous que le temps envain révère,
Bronzes et marbres imposteurs,
Consacrés par de vils flatteurs,
Aux vils despotes de la terre,
Rampez à nos pieds abattus.
Vous, pour épurer nos hommages,
Élevez-vous nobles images
Et des talens et des vertus !

Attentive à ta voix chérie,
Sur tes pas sainte liberté,
La sage et douce égalité
Accourt au sein de ma patrie.
L'orgueil a beau lutter encor,
Ses vains hochets vont disparaître ;

* La Bastille.

Et pour nous vont bientôt renaître
Les jours heureux de l'âge d'or.

Déjà nos campagnes fertiles,
Qu'opprimaient d'antiques abus,
Refusent d'injustes tributs
Au luxe dévorant des villes.
L'agriculteur laborieux,
Affranchi des maîtres qu'il brave,
Ne va plus d'une bêche esclave
Ouvrir le champ de ses aïeux.

Mais que vois-je? La tyrannie
S'agite et lève ses soldats.
France! pour hâter ton trépas,
L'aigle au léopard s'est unie;
Et de ces monstres haletans
Pour seconder l'avide rage,
Les ports du Texel et du Tage
Ont vomi tous leurs combattans.

Stérile effort! ligue insensée!
Le ciel a vaincu les Titans;
Hercule à ses pieds triomphans
Vit tomber l'hydre terrassée.

Tyrans, malgré votre courroux,
Malgré vos nombreux satellites,
Malgré vos guerrières élites,
Vous avez fui devant nos coups.

Las de votre joug despotique,
Vos peuples veulent être heureux ;
Ils ont su pénétrer vos vœux,
Et votre sombre politique.
Votre art n'est que l'art de trahir ;
Et vous pensez que la couronne
Vous asservit tout et vous donne
L'affreux droit de tout envahir.

Votre règne odieux s'achève ;
Le sceptre échappe de vos mains.
Pour les oppresseurs des humains
Jamais de paix, jamais de trève.
Sur eux le glaive est suspendu ;
Que leur sang coule et qu'il efface,
Jusqu'à la dernière trace
Du sang en leur nom répandu.

Liberté ! rien n'est impossible
A qui combat sous tes drapeaux.

Protège un peuple de héros
Que ton regard rend invincible.
C'est ce peuple dont tu fis choix
Pour assurer ton juste empire :
Que par lui tout ce qui respire
Adopte et chérisse tes lois.

Que les nations étrangères,
Des féroces usurpateurs,
Distinguent leurs libérateurs,
Et tendent les bras à leurs frères !
Liberté ! que tous les mortels,
Dans les climats les plus sauvages,
Et jusqu'aux plus lointains rivages
Fondent ton culte et tes autels.

La France n'est point alarmée
A l'aspect de ce grand combat :
Chez elle tout homme est soldat,
Toute famille est une armée.
Tremblez, tyrans ! vos attentats
Appellent sur vous sa vengeance !
Elle s'apprête, elle commence
Au sein même de vos états.

Par Vigée.

HYMNE

A

LA LIBERTÉ.

1793.

Loin de nous le vain délire
D'une profane gaîté!
Loin de nous les chants qu'inspire
Une molle volupté!
    Liberté sainte,
Viens, sois l'âme de ces vers,
Et que, jusqu'à nos concerts,
Tout porte en nous ta noble empreinte.

Sous tes fortunés auspices,
Vois tes enfans réunis,
Goûter les douces prémices
Des biens que tu leur promis.
    D'un pur hommage
Ils honorent tes autels :
Toi, du sein des immortels,
Daigne sourire à ton ouvrage.

Brûlant d'un zèle intrépide,
Fier de te connaître enfin,
Le Français, sous ton égide,
S'élance au plus beau destin.
     Par mille obstacles
En vain croit-on l'arrêter :
Quel effort peut résister
A ceux que guident tes oracles ?

Sur ses oppresseurs antiques,
Le peuple a conquis ses droits :
Nos vils préjugés gothiques
Sont remplacés par les lois.
     L'or et les titres
Ne dispensent plus les rangs ;
Les vertus et les talens
En sont les suprêmes arbitres.

Du Rhin jusqu'aux Pyrénées,
Des bords que ceint l'Océan
Jusqu'aux plaines couronnées
Par les cimes du Mont-Blanc,
     Plus de barrières.
O liberté ! désormais,
Sous ce beau nom de Français,
Tu ne vois qu'un peuple de frères.

Pour renverser ton empire,
Le despotisme aux abois
Rugit, s'agite, conspire,
Arme la horde des rois.
    Que les rois tremblent!...
Ce crime, c'est le dernier :
Leur chute est près d'expier
Les nœuds sanglans qui les rassemblent.

Ils franchirent nos limites,
Ces superbes potentats;
Leur cent mille satellites
Infestèrent nos états.
    Tyrans, esclaves,
Comme l'ombre fuit le jour,
Tout a fui, tous sans retour
Ont disparu devant les braves.

Salut, roches helvétiques,
Berceau de la liberté!
Salut, provinces belgiques,
Où son culte est reporté!
    Plages lointaines
Qu'affranchissent nos efforts,
Répondez à nos transports :
Vos vengeurs ont brisé leurs chaînes...

           Par M. ROUGET DE LISLE.

HYMNE

A

LA RAISON.

1793.

Quand, déchirant les voiles sombres
Dont la nuit couvrait l'univers,
Le soleil, à travers les ombres,
Monte sur le trône des airs,
Reste impur des vapeurs funèbres,
Quelquefois d'épaisses ténèbres,
Arrêtent ses traits radieux :
Il roule... bientôt sa lumière
A dissous la masse grossière,
Et lui seul règne au haut des cieux.

Ainsi la raison triomphante
A terrassé le préjugé.
De l'orgueil, des maux qu'il enfante,
Le monde par elle est vengé.
Astre éclatant, je te salue !
Ta clarté, long-temps attendue,

Brille enfin aux yeux des Français :
O divinité tutélaire !
Puisse leur hommage te plaire !
Ils sont dignes de tes bienfaits.

Noble fille de la nature !
Sœur de la douce égalité !
Aux rayons de ta flamme pure,
L'homme connut sa dignité.
Ta main, dans son cœur magnanime,
Grava le sentiment sublime
De ses impérissables droits :
Tu soumis tout à son empire,
Et, roi de tout ce qui respire,
De toi seule il reçut des lois.

Porté sur ton aile rapide,
Je m'élance aux portes du jour :
Je franchis, d'un vol intrépide,
Le seuil de l'immortel séjour.
Sous tes auspices, je pénètre
Jusqu'à la source de mon être,
Jusqu'au lieu trois fois redouté
Où Dieu, dans une paix profonde,
Veille sur les destins du monde,
Et lui dicte sa volonté.

Dans notre ame docile encore
Par toi, le vice est combattu :
Tu nourris et tu fais éclore
Tous les germes de la vertu.
La gloire te doit tous ses charmes ;
C'est toi qui fais couler les larmes
De l'aimable et tendre pitié :
Tu fis l'amour pour la jeunesse ;
Et, pour consoler la vieillesse,
Tu créas la sainte amitié.

Triste victime du mensonge
Qui toujours l'obsède et la fuit,
Dans l'abîme où l'erreur la plonge,
Sans toi la vérité languit.
Parais... le monstre s'humilie
Devant la déesse avilie
Dont il usurpait les autels :
Par toi libre et victorieuse,
Elle revient, plus glorieuse,
S'offrir à l'amour des mortels.

Comment sont tombés en poussière
Ces colosses audacieux
Qui, de leurs pieds, foulaient la terre,
Et dont le front touchait aux cieux ?

Où sont ces coutumes barbares ?
Où sont ces trônes, ces tiares,
Fléaux des peuples asservis ?
Hier, de leur pompe dissolue
Ils affligeaient encor ma vue...
Je ne vois plus que leurs débris.

O raison ! ces honteux prestiges,
Ton souffle les a dispersés :
Bientôt leurs douloureux vestiges
Pour jamais seront effacés.
Telle, de sa tige arrachée,
La feuille morte et desséchée
Dans la fange s'ensevelit :
Ainsi la trombe menaçante
Qui pressait la mer mugissante
Au gré des vents s'évanouit.

Poursuis, déité protectrice !
Consomme ces grands changemens :
Soutiens, couronne l'édifice
Dont tu posas les fondemens ;
Des tyrans et de leurs ministres
Confonds les intrigues sinistres,
Et les sanguinaires desseins ;
Pour prix de leurs fureurs stupides,

Que leurs armes liberticides
Se plongent dans leurs propres seins.

Mais alors que leur chute expie
Tes outrages et nos malheurs,
Déesse! d'une guerre impie
Éteins les flambeaux destructeurs.
Rends nos frères à la nature;
Arrache-les à l'imposture;
Désarme leurs bras égarés :
Que l'univers enfin contemple,
Unis dans ton auguste temple,
Tous les Français régénérés !

Par M. ROUGET DE LILLE.

* * *

HYMNE PATRIOTIQUE

POUR

LA RÉUNION RÉPUBLICAINE.

1793.

Air : Allons, enfans de la patrie.

Français, quelle brillante aurore
Nous ouvre les portes du jour?
Le plus beau soleil vient d'éclore
Il éclaire un nouveau séjour ! (*bis.*)
Une onde salutaire et pure,
Sur le sol de la liberté,
Découvre à notre œil enchanté
Le premier don de la nature.
Français, que nos accens s'élèvent jusqu'aux cieux !
Chantons (*bis*) la liberté, c'est un présent des dieux.

Républicains ! cette journée
Pour jamais nous rend tous unis;
Aux yeux de la terre étonnée,
Confondons nos vils ennemis.

12

De nos tyrans bravons la rage !
Les peuples de tout l'univers,
Comme nous briseront leurs fers,
En imitant notre courage.
Français, que nos accens, etc.

Sur les débris du despotisme,
Au niveau de l'égalité,
Animés d'un brûlant civisme,
Cimentons la fraternité !
Par un dévoûment héroïque,
Sous les regards de l'Éternel,
Faisons le serment solennel
De soutenir la république.
Français, que nos accens, etc.

Nous devons tout à la patrie ;
Elle veille sur nos destins.
Le Ciel, en nous donnant la vie,
Nous fit naître républicains !
Soumis aux lois de la nature,
Aux vertus formons notre cœur.
Par nos talens, notre valeur,
Étonnons la race future.
Nos pères, nos amis sont morts dans les combats ;
Vivons (*bis*) et grandissons pour venger leur trépas.

MOLINE.

ODE
RÉPUBLICAINE.
1793.

> . . . . . . Le Dieu de la pensée
> N'a pas besoin d'autels, de prêtres ni d'encens.

Si j'osai, quand le sceptre armait la tyrannie,
D'un vers républicain épouvanter les rois ;
Si de la liberté l'indomptable génie
Sut toujours enflammer et mon cœur et ma voix ;

Si, malgré la Bastille et ses tours menaçantes,
Proclamant cette fière et sainte liberté,
J'osai poursuivre alors de mes rimes sanglantes
L'insecte usurpateur qu'on nomme Majesté ;

Si, de l'indépendance, avançant la conquête,
Dans le sein des tyrans je plongeai le remord ;
Si la palme civique, en ombrageant ma tête,
La dévoue à la gloire et peut-être à la mort ;

Français, dont j'éveillai les langueurs léthargiques,
Souverain trop long-temps par les rois détrôné,
Non, tu ne craindras point mes accens énergiques,
Tu prêteras l'oreille à qui t'a couronné.

Tu règnes ! tu peux tout. Crains ce pouvoir extrême ;
Crains surtout les flatteurs ; ils enivrent l'orgueil,
Ils ont perdu les rois, ils te perdraient toi-même :
C'est eux qui sous le trône ont creusé le cercueil.

La vérité, voilà mon offrande chérie.
Loin de toi pour jamais le vil encens des cours.
Flatter le souverain, c'est trahir la patrie ;
C'est du bonheur public empoisonner le cours.

Peuple ! sans la sagesse une aveugle puissance,
Vers sa chute bientôt précipite ses pas.
La vérité m'inspire : ô terre ! fais silence :
Malheur à l'insensé qui ne l'écoute pas !

Atome d'un instant, poussière fugitive,
Homme né pour la mort, parle : as-tu fait les cieux ?
As-tu dit à la mer : brise-toi sur la rive !
As-tu dit au soleil : marche, et luis sous mes yeux ?

C'est un Dieu qui l'a dit ! ce Dieu de la pensée
N'a pas besoin d'autels, de prêtres ni d'encens.

Mais quelle ingratitude orgueilleuse, insensée,
Oserait lui ravir tes vœux reconnaissans !

Et contre l'Éternel un vermisseau conspire !
Et, rampant dans un coin de ce vaste univers,
L'homme chasserait Dieu du sein de son empire !
Il nommerait sagesse un délire pervers !

L'impie atteste en vain le néant ou l'absence
D'un Dieu que les remords révèlent aux forfaits :
Et moi, j'ose attester l'invisible présence
D'un Dieu qu'à l'univers révèlent ses bienfaits :

Ces astres que tu vois, ce globe où tu respires,
Tes jours, ta liberté, sont l'œuvre de ses mains ;
Il tient du haut des cieux les rênes des empires,
Et veille avec amour sur les frêles humains.

Fuis, superstition ! tu l'armais du tonnerre ;
Ton ministre insensé lui prêtait sa fureur.
Qui fait parler le ciel ment toujours à la terre ;
Et la terre encensait l'imposture et l'erreur.

Quoi ! l'Europe à genoux trembla sous la tiare !
Et le pieux effroi des crédules mortels,
D'un pontife romain payant le luxe avare,
Brigua l'honneur honteux d'enrichir ses autels !

Tyran fourbe et sacré, fier d'une triple idole,
Toi qui vendis le ciel trop long-temps outragé,
Misérable imposteur, descends du Capitole !
Le prêtre a disparu, l'Éternel est vengé.

Ah ! l'être indépendant, cause unique et féconde,
N'est point ce triple Dieu qu'enferme un ciel jaloux :
Père de la nature, il anime le monde ;
Nous respirons en lui, comme il respire en nous.

Non, Dieu n'existe point s'il n'est pas dans notre am
C'est là que retentit son immortelle voix.
Il habite les cœurs ; c'est là qu'en traits de flamme
Lui-même a su graver nos devoirs et ses lois.

Son culte est la vertu ; le juste est son image.
D'hypocrites mortels l'ont trop défiguré.
Ah ! pourvu que des cœurs il reçoive l'hommage,
Qu'importe sous quel nom ce Dieu soit adoré !

C'est en face du Ciel, devant l'Être des êtres,
Que tes législateurs ont détrôné les rois.
Toi-même, ô nation ! libre enfin de tes prêtres,
Voulus qu'un Dieu puissant sanctifiât tes droits.

A ce grand créateur qui te nourrit, qui t'aime,
Tu ne réserves point un oubli criminel.

Pour régner sur les rois, sers bien ce roi suprême ;
Tombe avec l'univers aux pieds de l'Éternel.

Inspiré par ce Dieu qu'indigne l'esclavage,
Peuple, relève-toi pour frapper les tyrans ;
De la Seine à jamais affranchis le rivage ;
Jurons la liberté sur leurs corps expirans.

Du monarque éternel les nations sont filles.
Est-ce donc pour les rois qu'il créa l'univers ?
Est-ce à leur fol orgueil, est-ce à quelques familles
Qu'il voulut asservir tant de peuples divers !

Le cèdre du Liban s'était dit à lui-même :
Je règne sur les monts, ma tête est dans les cieux ;
J'étends sur les forêts mon vaste diadême ;
Je prête un noble asile à l'aigle audacieux.

A mes pieds l'homme rampe... et l'homme qu'il outrage
Rit, se lève, et, d'un bras trop long-temps dédaigné,
Fait tomber sous la hache et la tête et l'ombrage
De ce roi des forêts, de sa chute indigné.

Vainement il s'exhale en des plaintes amères :
Les arbres d'alentour sont joyeux de son deuil ;
Affranchis de son ombre, ils s'élèvent en frères,
Et du géant superbe, un ver punit l'orgueil.

Par LEBRUN.

DEUXIÈME ODE

RÉPUBLICAINE.

1795.

Il n'est point sans vertu de juste indépendance.
. . . .

Les flammes de l'Etna sur ses laves antiques
Ne cessent de verser des flots plus dévorans :
Des monstres couronnés les fureurs despotiques
Ne cessent d'ajouter aux forfaits des tyrans.

O France ! la vois-tu cette horrible furie ,
De ta reine barbare impitoyable sœur !
La vois-tu , d'une main au carnage aguerrie ,
Allumer le tonnerre à l'aigle ravisseur.

Lille ! un Dieu vengera ta cendre et ton injure ;
Tes débris enflammés accuseront Louis.
La bombe, en t'écrasant, le déclarait parjure :
Thémis dut l'immoler à ses peuples trahis.

Oh! que Vienne aux Français fit un présent funeste!
Toi qui de la discorde allumas le flambeau,
Reine, que nous donna la colère céleste,
Que la foudre n'a-t-elle embrasé ton berceau!

Combien ce coup heureux eût épargné de crimes!
Ivre de notre sang, désastreuse beauté,
Femme horrible! tu meurs après tant de victimes:
Le glaive expie enfin ta lâche cruauté.

Et Philippe vivait en dépit de la foudre,
Artisan insensé de crimes superflus!
Ton peuple, ton sénat, ton Dieu vient de t'absoudre.
France! la hache tombe et Philippe n'est plus.

Sur leurs restes sanglans la monarchie expire.
Siècles de servitude un jour brise vos fers!
Au sceptre usurpateur succède un juste empire.
République! tu nais pour venger l'univers.

Ah! pour être à jamais triomphante et paisible,
Donne au mérite seul les rangs et les emplois;
Mère d'enfans égaux, sois une, indivisible;
Mais que ta liberté soit esclave des lois.

L'orgueil au désespoir, la rage frénétique,
Tenteront d'ébranler tes nouveaux fondemens.

Pour vaincre de cent rois l'active politique,
C'est peu de tes amis, il te faut des amans.

Il te faut de ces cœurs dont la brûlante ivresse,
Au-devant des périls s'empresse de courir;
Et fière de lancer ta foudre vengeresse,
Sois fidèle au serment de vaincre ou de mourir.

Oui, de leur sang impur qu'ils rougissent la terre!
Qu'ils meurent sous le glaive au bruit de nos succès.
Les traîtres qui, votant la famine et la guerre,
Brûlent d'anéantir jusqu'au nom des Français!

Oui! consacrons nos mains dans le sang des perfides:
Pour venger son pays tout Français est soldat;
Mais laissons aux tyrans les poignards homicides,
Et d'un peuple égorgé le vaste assassinat.

Un roi de ces horreurs peut seul être coupable.
Tel fut ce roi bourreau qu'on nomme en frémissant.
Mais un peuple! sa loi doit punir le coupable;
Le frapper sans Thémis, c'est le rendre innocent.

Ah! de sang et de pleurs soyons du moins avares:
Vengeons-nous justement d'un injuste pouvoir.
Est-ce à des malheureux à devenir barbares?
Hommes, soyez humains; c'est le premier devoir.

Du sauvage effréné la vengeance est atroce ;
Sa haine boit le sang dans des crânes affreux.
L'esclave révolté peut devenir féroce :
Le vrai républicain fut toujours généreux.

La force courageuse exclut la barbarie ;
On peut à la clémence instruire des lions ;
Mais comment l'inspirer aux tigres en furie,
A ces rois altérés du sang des nations ?

D'un faux républicain si le vœu téméraire,
S'égarait vers le trône après l'avoir brisé ;
S'il enivrait de sang sa Thémis arbitraire,
Frappe-le, glaive affreux par lui-même aiguisé.

Son trône est l'échafaud : là, que de ses victimes,
Les mânes indignés lui déchirent le flanc !
Que leur cri le poursuive au fond des noirs abîmes !
Qu'il y tombe plongé dans un fleuve de sang !

Tout empire sans doute a des momens extrêmes,
Où la nécessité commande la rigueur.
Sauver le peuple alors, voilà nos lois suprêmes ;
Mais il veut que le fer soit juste en sa fureur.

Je sais des rois brigands la maxime terrible :
La justice n'est point une vertu d'état.

Mais l'injustice heureuse est-elle moins horrible?
Et jamais la vertu fut-elle un attentat!

Un peuple brise envain les chaînes qu'il abhorre,
S'il n'est point épuré par ses propres revers;
S'il n'est point vertueux, il n'est point libre encore;
Et ses vices bientôt le rendraient à ses fers.

Amis, ah! si jamais nous foulons avec gloire
D'un pied libre et vainqueur les trônes abattus;
Songez qu'il faut encore absoudre la victoire,
Par le bonheur du peuple et d'austères vertus.

Il n'est point sans vertu de juste indépendance.
De notre liberté généreux conquérans,
Sauvons-là des forfaits de l'atroce licence.
Est-ce aux vainqueurs des rois d'imiter les tyrans?

Que leur ame perfide apprenne à nous connaître;
Et que de nous corrompre ils s'épargnent le soin.
Si Tarquin renaissait, un Brutus va renaître:
Qu'il vienne un Porcenna, Scévole n'est pas loin.

Albion, dans son cœur, fait en vain le partage
Des villes que son or espère nous ravir:
Albion subira le destin de Carthage;
Une autre Rome encor jure de l'asservir.

Aux fourbes couronnés laissons la ruse oblique :
L'art des Machiavels est lâche et soupçonneux.
Soyons grands, soyons purs; gardons la foi publique;
De la fraternité qu'elle serre les nœuds.

Gardons la foi publique! et des feuilles légères,
Même de l'or absent remplaceront le cours.
Mais et l'argent et l'or, richesses mensongères,
Si nous trompions la foi seraient d'un vain secours.

Peuple! tant qu'à vous seul la France est redevable,
Pourriez-vous redouter de funestes besoins?
Sa fidèle Cérès n'est jamais insolvable;
De la foi de Bacchus ses coteaux sont témoins.

Que Plutus loin de nous prodigue ses largesses.
Indigent de vertu, de mœurs, de liberté,
L'esclave du monarque a besoin de richesses;
Le fier républicain chérit la pauvreté.

Français! aimez-la donc, cette noble indigence.
La liberté, le fer, voilà votre trésor !
Les rois, et leur richesse, appuieront leur vengeance,
Montrez-leur que le fer a toujours dompté l'or.

Une mâle vertu fonde la république.
Le despotisme affreux pour base a la terreur.

Entre ces deux pouvoirs, le pouvoir monarchique
S'élève sur un trône appuyé par l'honneur.

L'honneur ! eh ! qui peut donc honorer les entraves?
Un monarque est bientôt despote impunément.
En vain il adoucit le joug de ses esclaves :
Rien n'est plus dangereux qu'un despote clément.

Octave eût succombé sous les traits de la haine :
Auguste pour Octave implora le pardon ;
Sa clémence égorgea la liberté romaine :
Il fut aux vrais Romains plus fatal que Néron.

Je l'avoue, en donnant des pleurs à la nature,
Oui, César dut périr sous le fer de Brutus.
Les rois pèsent de loin à la race future :
Pour cent Caligula s'offre à peine un Titus.

La liberté, sans doute, est jalouse, ombrageuse ;
Cette fière déesse éprouve ses amans :
Mais d'un républicain la vertu courageuse
Aux caresses des rois préfère ses tourmens.

Dans nos murs ou l'Ibère a semé les alarmes,
Entendez-vous frémir ces captifs généreux?
Ils brûlent de combattre ; ils implorent des armes :
Les voilà ! l'Espagnol tombe ou fuit devant eux.

Mais ce dont Rome antique eût envié la gloire,
Ce qu'admire, en pleurant, la France et l'univers;
Dès qu'ils ont par leur sang acheté la victoire,
Vainqueurs soumis aux lois, ils reprennent leurs fers.

Par Lebrun.

TROISIÈME ODE

RÉPUBLICAINE.

1795.

Il faut rendre aux mortels les arts consolateurs.

Des insensés ont dit : l'ignorance est guerrière ;
Enseignons l'ignorance, elle fait les héros ;
Éteignons le génie. Éteindre sa lumière,
Barbares, c'est rentrer dans la nuit du chaos.

L'ignorance créa vos despotes, vos prêtres,
Tous ces rois, tous ces Dieux rêvés par la terreur.
Vos pères héritaient du joug de leurs ancêtres ;
Ils naissaient, ils mouraient condamnés à l'erreur.

Le jour luit ! trop long-temps l'aveugle fanatisme
De fantômes sacrés peupla les cieux déserts :
Trop long-temps l'huile sainte, offerte au despotisme
A coulé sur des fronts stupides ou pervers.

Au nom d'un Dieu qui meurt, un prêtre ridicule
Consacra trop souvent le vice couronné ;
Ainsi trois imposteurs, ô peuple trop crédule !
Fêtaient le jour impie où tu fus détrôné.

De ce jour insensé, de ces pompes frivoles,
Reims ! tu ne viendras plus insulter nos regards.
Je les ai vu tomber nos superbes idoles,
Et le peuple s'asseoir sur leurs débris épars.

Il est, il est sans doute une fête sacrée,
La plus digne, en effet, d'un peuple souverain,
Et qu'un sage inventa dans l'heureuse contrée
Où l'homme osa d'un roi briser le joug d'airain.

Après avoir banni les tyrans et la guerre,
Implorant le grand Être en fils respectueux,
Dans un champ, sous un ciel qui sourit à la terre,
Accourt et se rassemble un peuple vertueux.

Là s'élève un autel, et sur l'autel un trône ;
Sur ce trône est placé le livre de la loi ;
Près de ce livre auguste, on pose une couronne ;
Ces mots y sont gravés : Peuple ! il n'est plus de roi !

Au nom du Dieu vivant, un mortel vénérable,
La prend, la rompt, la donne en fragmens précieux.
Peuple! tu la reçois dans ce jour mémorable;
Ton hymne, ô liberté! fait retentir les cieux.

Que Paris soit rival de la ville des frères!
Hâtons-nous d'écraser les despotes jaloux;
Et, paisibles vainqueurs des tyrans sanguinaires,
Français, renouvelons un spectacle si doux!

La sagesse a parlé : silence, vains oracles!
Temple de l'Éternel, sois pur à ses regards!
Martyrs de la patrie, enfantez des miracles!
Mânes encor sanglans, guidez nos étendards!

Qu'entends-je? Muse, écoute! un dieu venge l'empire
Cobourg a reculé dans ce moment fatal.
Un long cri de victoire excite encor ma lyre :
Un nouveau Scipion est vainqueur d'Annibal.

Qu'importe des Germains la tactique savante,
Les chefs jadis fameux, les centaures guerriers?
La fuite est leur espoir, leur chef est l'épouvante,
Quand nous armons de fer nos tubes meurtriers.

Que ne peut le Français et sa valeur rapide?
Il se rit de l'obstacle, il triomphe en courant.

C'est l'aigle qui dans l'air fond sur l'oiseau timide;
C'est un fleuve indompté, c'est un feu dévorant.

Comme on voit l'Apennin qu'assiége un long orage
Rompre tous les efforts des bruyans aquilons,
Ainsi de nos guerriers l'indomptable courage
Repousse tous ces rois, complices des Bourbons.

Vos destins sont de vaincre, ô Français magnanimes!
L'Anglais fourbe et cruel qui, cent fois contre vous,
Arma tout ce que l'or peut acheter de crimes,
Dans Toulon reconquis tombera sous vos coups.

Neptune est fatigué de leur île parjure.
Qu'ils tremblent ces tyrans de l'empire des eaux!
De nos ports insultés Londre expiera l'injure;
La Tamise en frémit dans ses mornes roseaux.

Je n'irai point alors, comme autrefois Malherbe,
Chanter de vains exploits sous les murs de Memphis.
Albion, je dirai, sur ma lyre superbe,
Tes veuves dans nos fers pleurant tes derniers fils.

Dans les bras de l'oubli la victoire étouffée,
N'aurait point d'avenir sans le charme des vers.

Il nous faut un Pindare, un Linus, un Orphée ;
Cygnes, il en est temps, commencez vos concerts !

C'est à Minerve seule à consacrer l'audace ;
Qu'elle apaise de Mars les féroces clameurs !
Vainement d'un empire il eût changé la face ;
Il faut des lois, des arts, des vertus et des mœurs.

Seuls d'un pouvoir durable ils fondent l'assurance.
Animons le burin, la lyre et le pinceau :
Chassons comme des rois le vice et l'ignorance ;
Du peuple qui va naître éclairons le berceau.

Renaissons, dans nos fils ! ô vous, race nouvelle
Qu'instruira de nos maux le fatal souvenir,
Espoir de la patrie, ah ! mon cœur vous appelle ;
Jeunes républicains, sortez de l'avenir !

L'instruction fait tout.. Enfans de la lumière
Vous rendrez aux mortels les arts consolateurs ;
Vous foulerez des rois l'orgueilleuse poussière,
Vous redirez en paix mes vers législateurs.

Fils de la liberté, fille du Dieu suprême,
Que le monde par vous s'épure à son flambeau ;
Rendez républicains la terre et le ciel même ;
Que les jours, que les ans soient fiers d'un nom si beau.

Thémis qui, parmi nous, terrible, inévitable,
D'une morne frayeur nous fit souvent frémir,
Voilera devant vous son glaive redoutable,
Et la douce pitié n'aura plus à gémir.

Ils cesseront ces jours de terreur politique ;
Le sang aura coulé pour la dernière fois :
L'or n'ira plus corrompre et marchander l'Afrique,
La terre n'aura plus d'esclaves ni de rois.

Moins nombreux par le crime ou l'erreur de vos pères,
Vos soins effaceront ces vestiges sanglans ;
La vertu bannira de vos fastes prospères
L'exécrable Vendée et l'horrible Coblentz.

Aussi braves que doux, vrais amans de la gloire,
Si des lauriers de Mars il faut vous couronner,
La clémence naîtra du sein de la victoire,
Et la foudre à la main, vous saurez pardonner.

L'abus de la puissance usa le diadême ;
Vous rendrez tous les cœurs heureux de vos succès :
La liberté périt par la liberté même ;
Du plus juste pouvoir vous craindrez les excès.

Vos jeunes fronts couverts de palmes et d'olives,
S'embelliront encor du myrte des amours,

Et la Seine par vous reverra sur ses rives
La victoire et la paix s'embrasser pour toujours.

Fidèle à cet espoir d'une âme fière et tendre,
Arbre de liberté, crois toujours avec eux ;
De l'une à l'autre mer tes rameaux vont s'étendre ;
Prête encore ton ombre à nos derniers neveux.

COUPLETS

CHANTÉS

AU TEMPLE DE LA RAISON.

1794.

Air : du Camp de Grand-Pré.

Quand le peuple sommeille,
Il est aux pieds des rois ;
Mais dès qu'il se réveille,
Il leur dicte des lois.
Fiers tyrans de la terre,
Dont l'orgueil osa tout,
Rentrez dans la poussière,
Votre maître est debout.

Long-temps par votre audace,
Il se vit outragé ;
Sa patience est lasse,
Il faut qu'il soit vengé.

Fiers tyrans de la terre,
Dont l'orgueil osa tout,
Rentrez dans la poussière,
Votre maître est debout.

Un despote osa dire :
Mon caprice est ma loi;
La France est mon empire,
Le peuple est né pour moi;
Mais ce roi sanguinaire,
Dont l'orgueil osa tout,
Il dort dans la poussière,
Et son maître est debout.

De la philosophie
Le règne est arrivé;
Sur ma triste patrie
Son soleil s'est levé;
Le peuple enfin s'éclaire,
Tyrans, qui braviez tout,
Rentrez dans la poussière,
Votre maître est debout.

Il luit sur la montagne,
Ce soleil radieux;

L'éclat qui l'accompagne
A dessillé nos yeux ;
Tout le peuple s'éclaire.
Tyrans, qui braviez tout,
Rentrez dans la poussière,
Votre maître est debout.

Cet astre plein de gloire
Annonce un double sort :
Aux peuples la victoire,
Aux despotes la mort.
Fiers tyrans de la terre,
Dont l'orgueil osa tout,
Rentrez dans la poussière,
Votre maître est debout.

Pour les réduire en poudre,
On voit tout s'empresser ;
L'un va forger la foudre,
L'autre court la lancer.
Fiers tyrans de la terre,
Dont l'orgueil osa tout,
Rentrez dans la poussière,
Votre maître est debout.

Que le tonnerre gronde,
Et ne se taise plus

Que pour apprendre au monde,
Que les rois sont vaincus.
Fiers tyrans de la terre,
Dont l'orgueil osa tout,
Rentrez dans la poussière,
Les Français sont debout.

Que nul peuple ne craigne
Nos efforts, nos succès;
Que l'égalité règne,
C'est le vœu des Français.
Et vous, rois de la terre,
Tyrans qui braviez tout,
Rentrez dans la poussière,
Vos maîtres sont debout.

Que par la race humaine,
Il ne soit plus porté
Que l'innocente chaîne
De la fraternité;
Que les rois de la terre,
Les rois qui bravaient tout,
Restent dans la poussière,
Et les peuples debout!

Par CLOUZET.

L'ÉTERNEL.

1794.

Air : Des simples jeux de son enfance.

Reçois notre hommage, ó grand Être,
Arbitre et père des mortels !
Qu'ici la raison soit le prêtre,
Et que nos cœurs soient les autels.
Partout le sage te retrouve ;
Sa voix aime à te publier,
Et le remords même te prouve
Au méchant qui t'ose nier.

Proscrivons cet affreux système
Qui nous ravit l'espoir d'un Dieu ;
Son nom au front du soleil même,
Est écrit en lettres de feu.
Des fleurs il borda la parure,
Des fruits il nuança le goût,
Enfin il fit de la nature
Son interprète auprès de nous.

Qu'ailleurs des rois, des fanatiques,
Lui prêtent leur joug trop cruel ;
Il n'est point dans les républiques,
De maître entre l'homme et le ciel.
Mais qu'il est doux, qu'il est utile,
D'y voir un juge souverain !
Du faible, son sein est l'asile ;
Du puissant, son bras est le frein.

A son nom, la triste indigence
Du riche s'ouvre le trésor ;
L'homme épuisé par la souffrance,
A ce doux nom sourit encor.
En lui, si le mourant espère,
Le trépas même a des attraits :
C'est un fils qui va voir son père,
D'où pourraient naître ses regrets ?

Voyez sur l'aile de la gloire
S'élancer vers lui ces guerriers
Qui, pour nous donner la victoire,
De leur sang ont teint leurs lauriers.
A son trône il vous associe,
Martyrs de notre liberté !
Mourir pour sauver la patrie,
C'est naître à l'immortalité.

Par PHILIPPON.

ANNIVERSAIRE

DU 14 JUILLET.

1794.

La liberté muette au pied d'un trône antique,
Réduite à se voiler, dévorait ses affronts;
Par le temps affermi, le pouvoir despotique
    Gravait l'opprobre sur nos fronts. *bis.*

Peuple qu'enchaîne un roi, le crois-tu plus qu'un homme?
N'es-tu donc qu'un troupeau dont il est l'héritier?
Tes bras toujours actifs, dans les champs, sous le chaume
    Sont-ils à ce despote altier?

Ses trésors sont les tiens; ta force est sa puissance.
Veux-tu n'obéir plus? il cesse d'opprimer.
Vois ces affreuses tours d'où tonne sa vengeance!
    Parais, elles vont s'abîmer.

Boulevart des tyrans, tombeau de l'innocence,
Bastille, où chaque pierre est humide de pleurs!

Le bronze en vain vomit la mort pour ta défense,
    Tu vas révéler tes horreurs.

Bastille, enfin le jour va luire à tes victimes ;
Déjà victorieux, le peuple est dans tes murs,
Et de la tyrannie il demande les crimes,
    A tes gouffres les plus obscurs.

                    Par LEGAY, de Saint-Omer.

LE FRANÇAIS LIBRE

A L'ÊTRE SUPRÊME.

PRIÈRE RÉPUBLICAINE UNIVERSELLE.

Grand Dieu, père commun et bienfaiteur des hommes
Toi qui créas les cieux, et le monde où nous sommes
Dont tout prouve à nos yeux l'être et l'immensité,
Qu'on ne peut adorer que par la vérité ;
Du midi jusqu'au nord, du couchant à l'aurore,
Est-il un culte vrai, qui te plaise et t'honore ?
Est-ce celui du juif, du bonze ou de l'iman ?
Est-ce le catholique, ou le mahométan ?
Non, ces grossiers ramas d'erreurs et de mensonges,
Par l'homme imaginés, ne sont rien que des songes.
Tous ces cultes divers sont absurdes et faux ;
Tu les vois en pitié ; tous ils te sont égaux.
Pour l'homme tu n'as fait que la loi de nature,
Dans nous elle est innée, elle est vraie, elle est sûre ;
Toi-même l'as gravé de tes divines mains,
En tous temps, en tous lieux, dans le cœur des humains
Elle n'a pas besoin de docteurs ni d'apôtres ;

Seule elle vient de toi, n'en adoptons point d'autres.
Dans cette nuit profonde où l'homme erre ici bas,
Pour guider notre esprit et diriger nos pas,
La raison, flambeau pur, rayon de la lumière;
Sur le bien, sur le mal, nous instruit, nous éclaire.
T'adorer, nous chérir, aimer la vérité,
Bien servir sa patrie et la société,
Se conformer aux lois, être humain, équitable,
C'est la religion, la seule véritable.
Bien mieux qu'un culte absurde ou superstitieux,
Partout elle rend l'homme agréable à tes yeux.
Loin de toi, loin de nous ces imposteurs, ces êtres,
Charlatans effrontés qui, sous le nom de prêtres,
Se vantant de prêcher la vraie religion,
Ne prêchaient qu'imposture et superstition.
Ne pouvant concevoir la divine sagesse,
Ils l'ont mise au niveau de l'humaine faiblesse.
Ils t'ont osé donner nos mœurs, nos passions,
Nos vices, nos défauts, nos imperfections.
O crime! ils ont de toi fait un juge sévère,
Un Dieu vindicatif, injuste et sanguinaire;
Enfin ils te peignaient, pour te rendre odieux,
Inconséquent, barbare, intolérant comme eux.
Venge-nous, venge-toi de ces cœurs sacriléges
Qui, sous ton nom sacré, nous ont dressé des piéges;
Qui, trompant l'ignorance et la crédulité,

Se disaient confidens de la Divinité.
Ils t'ont méconnu tous et t'ont fait méconnaître ;
Mais du sein de l'erreur la vérité va naître.
Démasqués, confondus, ces vils ambitieux,
Aujourd'hui, tels qu'ils sont, paraissent à nos yeux,
Avides de crédit, d'honneur et de richesse,
Vivant dans les plaisirs, le luxe et la mollesse,
Sans culte, sans vertus, sans principes, sans mœurs,
Hypocrites, ou sots, dans leurs discours menteurs,
Du peuple entretenant la stupide ignorance,
Ils cimentaient des rois la fatale puissance.
Ces monstres, ces tyrans, entre eux coalisés,
Forgeaient, rivaient les fers des peuples abusés.
Oui, dans tous les états, l'absurde fanatisme
Fut le meilleur soutien du cruel despotisme.
Votre règne est passé, fuyez, vils charlatans.
Puissent périr vos noms avec ceux des tyrans !
Puisse périr de vous jusqu'à votre mémoire !
Puisse la vérité, remportant la victoire,
Et la saine raison triomphant de l'erreur ,
De la France assurer la gloire et le bonheur !

Toi qui nous affranchis d'un affreux esclavage,
Dieu juste, Dieu puissant, achève ton ouvrage !
Exauce ma prière et les vœux des Français ;
Que notre liberté soit durable à jamais !

14

Fais que les nations nous prenant pour modèles,
Contre tous les tyrans vengent notre querelle !
Protége notre cause, et rends-nous les vainqueurs
Des traîtres, des méchans et des conspirateurs !
Veille sur les destins de notre république ;
Conserve à nos soldats ce courage héroïque,
Qui les fait triompher de leurs fiers ennemis !
Que par la paix bientôt les peuples soient unis !
Inspire à nos enfans les mœurs républicaines ;
Donne-nous des vertus aussi pures que saines ;
A nos législateurs dicte de sages lois,
Surtout préserve-nous des prêtres et des rois !

LE
SALPÊTRE RÉPUBLICAIN.

Air : Chacun avec moi l'avoûra.

Descendons dans nos souterrains,
La Liberté nous y convie;
Elle parle, Républicains,
Et c'est la voix de la patrie. *bis.*
Lavez la terre en un tonneau;
En faisant évaporer l'eau,
Bientôt le nitre va paraître,
Pour visiter Pitt en bateau,
Il ne nous faut (*ter*) que du salpêtre.

Mettons fin à l'ambition
De tous ces rois, tyrans du monde,
De ces pirates d'Albion
Qui prétendaient régner sur l'onde.
Nous avons tous ce qu'ils n'ont pas;
Nous avons le cœur et les bras
D'hommes libres et faits pour l'être;
Nous avons du fer, des soldats,
Il ne nous faut (*ter*) que du salpêtre.

C'est dans le sol de nos caveaux
Que gît l'esprit de nos ancêtres ;
Ils enterraient sous leurs tonneaux
Le noir chagrin d'avoir des maîtres.
Cachant sous l'air de la gaîté
Leur amour pour la liberté,
Ce sentiment n'osait paraître :
Mais dans le sol il est resté,
Et cet esprit (*ter*) c'est du salpêtre.

On verra le feu du Français
Fondre la glace germanique.
Tout doit répondre à ses succès ;
Vive à jamais la république !
Précurseurs de la liberté,
Des lois et de l'égalité,
Tels partout on doit nous connaître ;
Vainqueurs des bons par la bonté,
Et des méchans (*ter*) par le salpêtre.

LE CHANT DU DÉPART.

CH...

...

.a Victoire, en ...

La Liber... ...

Et, du nord au ...

A ... l'...

l'...

...

...

...

...

...

...

LE
CHANT DU DÉPART.

1794.

UN REPRÉSENTANT DU PEUPLE.

La Victoire, en chantant, nous ouvre la carrière,
    La Liberté guide nos pas;
Et, du nord au midi, la trompette guerrière
    A sonné l'heure des combats.
    Tremblez, ennemis de la France,
    Rois ivres de sang et d'orgueil,
    Le peuple souverain s'avance,
    Tyrans, descendez au cercueil.
    La république nous appelle,
    Sachons vaincre, ou sachons périr :
    Un Français doit vivre pour elle,
    Pour elle, un Français doit mourir.

CHANT DES GUERRIERS.

La république, etc.

UNE MÈRE DE FAMILLE.

De nos yeux maternels ne craignez point les larmes;
　　Loin de nous de lâches douleurs!
Nous devons triompher, quand vous prenez les armes,
　　C'est aux rois à verser des pleurs.
　　Nous vous avons donné la vie,
　　Guerriers, elle n'est plus à vous :
　　Tous vos jours sont à la patrie;
　　Elle est votre mère avant nous.

CHŒUR DES MÈRES DE FAMILLE.

La république, etc.

DEUX VIEILLARDS.

Que le fer paternel arme la main des braves;
　　Songez à nous aux champs de Mars :
Consacrez dans le sang des rois et des esclaves
　　Le fer béni par vos vieillards;
　　Et, rapportant sous la chaumière,
　　Des blessures et des vertus,
　　Venez fermer notre paupière,
　　Quand les tyrans ne seront plus.

CHŒUR DES VIEILLARDS.

La république, etc.

UN ENFANT.

De Barra, de Viala, le sort nous fait envie;
    Ils sont morts, mais ils ont vaincu;
Le lâche accablé d'ans n'a point connu la vie;
    Qui meurt pour le peuple a vécu.
    Vous êtes vaillans, nous le sommes,
    Guidez-nous contre les tyrans;
    Les républicains sont des hommes;
    Les esclaves sont des enfans.

CHŒUR DES ENFANS.

La république, etc.

UNE ÉPOUSE.

Partez, vaillans époux, les combats sont vos fêtes,
    Partez, modèles des guerriers;
Nous cueillerons des fleurs pour en ceindre vos têtes
    Nos mains tresseront vos lauriers.
    Et si le temple de mémoire
    S'ouvrait à vos mânes vainqueurs,
    Nos voix chanteront votre gloire,
    Nos flancs porteront vos vengeurs.

CHŒUR DES ÉPOUSES.

La république, etc.

UNE JEUNE FILLE.

Et nous, sœurs des héros, nous qui de l'hyménée
        Ignorons les aimables nœuds,
Si, pour s'unir un jour à notre destinée,
        Les citoyens forment des vœux,
        Qu'ils reviennent dans nos murailles,
        Beaux de gloire et de liberté,
        Et que leur sang, dans les batailles,
        Ait coulé pour l'égalité !

CHŒUR DES JEUNES FILLES.

    La république, etc.

TROIS GUERRIERS.

Sur ce fer, devant Dieu, nous jurons à nos pères,
        A nos épouses, à nos sœurs,
A nos représentans, à nos fils, à nos mères,
        D'anéantir les oppresseurs.
        En tous lieux, dans la nuit profonde
        Plongeant l'infâme royauté,
        Les Français donneront au monde,
        Et la paix et la liberté.

CHŒUR GÉNÉRAL.

    La république, etc.

LE VAISSEAU

LE VENGEUR.

1794.

Sur l'Océan, jamais la France
Ne déploya tant de grandeur ;
Son bras, de l'Anglais oppresseur,
Punissait la longue insolence.
Du joug de ces tyrans et si vils et si fiers
Qui toujours sur le nombre ont fondé leur courage
Nos libres matelots affranchissaient les mers ;
Leurs chants républicains échauffaient le carnage,
Et, quel que soit l'arrêt du sort,
Ils tiendront leur serment : la victoire ou la mort.

Mais bientôt à leurs vœux les vents sont infidèles.
D'un souffle contraire emporté,
Le Vengeur combat seul, de la ligne écarté.
Quatre flottantes citadelles
De leurs canons sur lui dirigent tous les feux.
Il y répond : long-temps le succès est douteux.

La voile déchirée aux vents laisse un passage ;
Le rapide boulet emporte le cordage ;
La vergue, sans appui, frappe les mâts rompus ;
        Ils se brisent, et le navire
        Au gouvernail n'obéit plus ;
        Et nos braves marins de dire :
« Feu stribord ! feu bâbord ! Des voiles et des mâts
» Servent à qui veut fuir ; mais nous ne fuirons pas.

        Ces mots augmentent leur audace.
Deux vaisseaux d'Albion, de débris tout couverts,
S'éloignent du combat ; d'autres ont pris leur place.
Du Vengeur cependant les membres entr'ouverts
Laissent de toutes parts entrer l'onde fatale.
        Plus d'espoir ! la flotte rivale
Criait à nos guerriers : « Imprudens ! rendez-vous ;
» Baissez ce pavillon, ou vous périssez tous.

        » Eh quoi ! la superbe Angleterre
        » Dans ses ports verrait le Vengeur
        » Suivre lâchement un vainqueur ?
        » Quel affront pour la France entière !
        » Nous libres, nous républicains,
» Par un marché honteux achetant notre vie,
» Nous pourrions nous livrer à votre perfidie ?
        » Et des fers chargeraient nos mains ?

» A nous déshonorer osez-vous bien prétendre?

» Les Français aujourd'hui ne savent plus se rendre. »

   Ainsi parlant, nos matelots

   Déjà poursuivis par les flots ,

Montent sur le tillac ; en signe de leur joie ,

   De tous côtés leurs mains déploient

   Les pavillons aux trois couleurs ,

Et la flottante flamme et les pavois vainqueurs.

   Les chapeaux qui couvraient leur tête,

Sont élevés dans l'air comme en un jour de fête.

   La mer s'ouvre; ces mots heureux

   Consolent leur ame héroïque :

   France! liberté! république!

Ils disent, et les flots se referment sur eux.

   Troupe invincible et magnanime,

   De votre dévoûment sublime

   La France instruira l'univers.

De sa reconnaissance entendez les concerts.

   Du vaisseau que votre courage

Refusa de livrer à l'infâme Albion ,

   Elle suspend la noble image

   Aux voûtes de son Panthéon;

   Au pinceau fidèle elle ordonne

   De vous reproduire à nos yeux,

Et, sur l'immortelle colonne,
Elle écrit vos noms glorieux.
Ces noms éclatans dans l'histoire,
De nos jeunes marins orneront la mémoire;
Et dans tous les combats, ces enfans de l'honneur
Se ressouviendront du Vengeur.

PARNY.

※※※※※※※※※※※※※※※※※※※※※※※※※※※

HYMNE PATRIOTIQUE

A

L'ÉTERNEL.

1794.

Être suprême! ô toi que la raison du sage,
La piété crédule, ou l'instinct du sauvage
Adore également par des cultes divers;
C'est toi qui dans le vide as suspendu le monde;
     Ta main sage et féconde
A pour nous de tes dons enrichi l'univers.

Zéphyre est ton haleine et le jour ton sourire:
Rien n'existe sans toi, par toi l'homme respire,
Doué de la pensée et né pour t'adorer.
Pour prix de tes faveurs permets que je te nomme
     L'auguste ami de l'homme:
Recevoir tes bienfaits, jouir, c'est t'honorer.

Non, tu n'es point le Dieu dont le prêtre est l'apôtre;
Ce Dieu, père d'un peuple est le tyran d'un autre:
Tu n'as point par la Bible enseigné les humains.

A nos yeux, à nos cœurs, tu parles sans figure :
　　La loi de la nature
Est le livre sacré que nous ouvrent tes mains.

Interprète du Ciel, la nature nous crie :
Adore un Dieu, sois juste, et chéris ta patrie !
Elle prêche aux humains la douce égalité ;
Du civisme en nos cœurs elle allume la flamme,
　　Et grave dans notre ame,
Les droits sacrés de l'homme et de la liberté.

Mais le prêtre imposteur corrompit son ouvrage.
Toujours de la raison il proscrivit l'usage :
Le despotisme affreux se fonda sur l'autel.
Le sceptre et l'encensoir unis avec adresse,
　　Ont conspiré sans cesse,
Pour usurper la terre et profaner le ciel.

Le prêtre, par la foi, consacrant sa puissance,
N'admit qu'une vertu ; ce fut l'obéissance :
L'amour du bien public fut un crime à ses yeux.
Les rois ont fait régner, sous le nom de justice,
　　La force et l'artifice :
Qui rejeta leurs fers fut un séditieux.

O Dieu ! confonds des rois l'orgueilleux despotisme ;
Qu'armé de ses poignards le hideux fanatisme
Sous ses autels détruits se replonge aux enfers.
Gouverné par les lois, que le genre humain libre,
      Garde cet équilibre
Qu'observe sous tes lois l'ordre de l'univers.

Contre ses ennemis tu protéges la France.
La nature partout nous promet l'abondance :
La liberté sourit à nos jeunes guerriers,
La victoire déjà se déclare pour elle,
      Et la gloire immortelle,
Au bonnet qui la couvre attache ses lauriers.

En vain de ses soutiens un ennemi perfide,
D'une ligue coupable instrument parricide,
Environna leurs jours des périls les plus grands.
Ils vivent ! tu couvris à l'ombre de tes ailes,
      Nos défenseurs fidèles :
Ils vivent ! leur salut est la mort des tyrans.

Ton temple est l'univers ; ton prêtre la nature.
L'hymne de la patrie, offrande libre et pure,
Est le plus digne encens qui monte vers les cieux.
Ton culte est la vertu : ta fête solennelle,

L'union fraternelle
D'un grand peuple à l'envi rassemblé sous tes yeux.

Tu vois un peuple-roi qui n'a que toi pour maître,
Éclairé, vertueux autant qu'il le peut être;
Son culte est dégagé de faiblesse et d'erreur.
Veille sur la patrie, entends notre prière!
Qu'un siècle de lumière
Amène enfin pour nous un siècle de bonheur!

Par SAINT-ANGE.

HYMNE

A

L'ÊTRE SUPRÊME.

1794.

Source de vérité qu'outrage l'imposture,
De tout ce qui respire éternel protecteur,
Dieu de la liberté, père de la nature,
    Créateur et conservateur !

O toi ! seul incréé, seul grand, seul nécessaire,
Auteur de la vertu, principe de la loi,
Du pouvoir despotique immuable adversaire,
    La France est debout devant toi.

Tu posas sur les mers les fondemens du monde ;
Ta main lance la foudre et déchaîne les vents ;
Tu luis dans ce soleil dont la flamme féconde
    Nourrit tous les êtres vivans.

La courrière des nuits, perçant de sombres voiles,
Traîne à pas inégaux son cours silencieux ;

15

Tu lui marquas sa route, et d'un peuple d'étoiles,
    Tu semas la plaine des cieux.

Tes autels sont épars dans le sein des campagnes,
Dans les riches cités, dans les antres déserts,
Aux angles des vallons, au sommet des montagnes,
    Au haut du ciel, au fond des mers.

Mais il est pour ta gloire un sanctuaire auguste,
Plus grand que l'empyrée et ses palais d'azur.
Dieu lui-même habitant le cœur de l'homme juste,
    Y goûte un encens libre et pur.

Dans l'œil étincelant du guerrier intrépide,
En traits majestueux tu gravas ta splendeur;
Dans les regards baissés de la vierge timide,
    Tu plaças l'aimable pudeur.

Sur le front du vieillard la sagesse immobile
Semble rendre avec toi les décrets éternels;
Sans parens, sans appui, l'enfant trouve un asile
    Devant tes regards paternels.

C'est toi qui fais germer dans la terre embrasée,
Ces fruits délicieux qu'avaient promis les fleurs;

Tu verses dans son sein la féconde rosée,
    Et les frimas réparateurs.

Et, lorsque du printemps la voix enchanteresse,
Dans l'âme épanouie éveille le désir,
Tout ce que tu créas, respirant la tendresse,
    Se reproduit par le plaisir.

Des rives de la Seine à l'onde hyperborée,
Tes enfans dispersés t'adressent leurs concerts ;
Par tes prodigues mains la nature parée,
    Bénit le Dieu de l'univers.

Les sphères, parcourant leur carrière infinie,
Les mondes, les soleils, devant toi prosternés,
Publiant tes bienfaits, d'une immense harmonie
    Remplissent les cieux étonnés.

Grand Dieu, qui, sous le dais, fais pâlir la puissance,
Qui, sous le chaume obscur, visites la douleur,
Tourment du crime heureux, besoin de l'innocence,
    Et dernier ami du malheur.

L'esclave et le tyran ne t'offrent point d'hommage;
Ton culte est la vertu, ta loi l'égalité :

Sur l'homme libre et bon, ton œuvre et ton image,
　　Tu soufflas l'immortalité.

Quand du dernier Capet la criminelle rage,
Tombait d'un trône impur écroulé sous nos coups,
Ton invisible bras guidait notre courage,
　　Tes foudres marchaient devant nous.

Aiguisant avec l'or son poignard homicide,
Albion sur le crime a fondé ses succès;
Mais tu punis le crime, et ta puissante égide
　　Couvre au loin le peuple français.

Anéantis des rois les ligues mutinées;
De trente nations taris enfin les pleurs;
De la Sambre au Mont-Blanc, du Var aux Pyrénées,
　　Fais triompher les trois couleurs.

A venger les humains la France est consacrée.
Sois toujours l'allié du peuple souverain;
Et que la république, immortelle, adorée,
　　Écrase les trônes d'airain.

Long-temps environné de volcans et d'abîmes,
Que l'Hercule français terrassant ses rivaux,

Debout sur les débris des tyrans et des crimes,
    Jouisse enfin de ses travaux,

Que notre Liberté, planant sur les Deux-Mondes,
Au-delà des deux mers guidant nos étendards,
Fasse à jamais fleurir, sous les palmes fécondes,
    Les vertus, les lois et les arts.

                        M.-J. CHÉNIER.

ÉPITRE

DE GEORGE,

ROI D'ANGLETERRE,

A CELUI DE PRUSSE.

1794.

Quels enragés, mon cher confrère,
Que ces nouveaux Républicains?
Point de quartier! pour cri de guerre,
Et, pour manœuvre militaire,
La baïonnette dans les reins.

Voyez quels succès ils obtiennent?
Une victoire chaque jour;
Ce fameux Charleroi qu'ils prennent
Comme on entre dans un faubourg.

Et ce Fleurus... Dieu me pardonne,
Je jurerais à ce nom-là;
Quand Luxembourg nous y rossa,
Ce fut de couronne à couronne

Du moins qu'alors on batailla.
Mon gros prédécesseur Guillaume,
Trouvant du moins à qui parler,
Dut aisément se consoler.
Luxembourg était gentilhomme.
Un duc et pair, quoique bossu,
Est un adversaire de note,
Par lui sans honte on est vaincu ;
Mais il est dur d'être battu
Par un général sans-culotte.
Goddem ! c'est trop. De tous côtés,
Voyez-vous nos villes se rendre,
Nos soldats fuir épouvantés
De la Belgique et de la Flandre?
Ces Français, comme des volcans,
Ont couvert notre territoire.
Moins rapides que les torrens,
Les fougueux aquilons plus lents,
Je suis quasi tenté de croire
Que, dominateurs de la gloire,
Et souverains des élémens,
Ils ont décrété la victoire.

Je date de ce jour maudit,
Et j'ai fermement dans la tête,
Qu'avec tous ses plans de conquête

Cobourg ne sait trop ce qu'il dit ;
Et que , malgré tout son esprit,
Mon cher lord Pitt est un peu bête.
J'enrage... et tenez , savez-vous ,
Savez-vous bien que nous en sommes
Pour notre argent et pour nos hommes,
Et qu'on se moque encor de nous ?
Oui , s'en moquer la chose est claire ;
Car on nous chansonne à Paris
Quand on nous bat sur la frontière ;
J'ai là-dessus de bons avis.
La dure vérité se mêle
A des traits piquans , acérés ;
Le sarcasme pleut comme grêle ,
Sur nos trônes déshonorés.
Nos couronnes sont ravalées
Dans maint vaudeville malin ;
Par Gilles et par Arlequin
Nos majestés sont persiflées.
On rit si fort à nos dépens
Que , par un revers de médaille ,
Sur le théâtre où l'on nous raille,
Les peuples sont d'honnêtes gens ,
Et nous autres rois la canaille.

Voyez-vous , j'ai peur quelquefois ;

Je crains qu'un dénoûment tragique,
N'achève la farce des rois.
Par une étincelle électrique,
Le système se communique.
Notre siècle est philosophique,
Et l'on raisonne en tapinois.

Entre nous deux, soyons sincères.
Les rois ne sont point ici-bas
Absolument nécessaires.
Quand un roi ne s'en mêle pas,
Un peuple en fait mieux ses affaires.
De cet aveu ne dites rien :
Je soupçonne qu'en république
On peut vivre encore assez bien.
Les rois sont chers à l'entretien,
Et, quand on sait l'arithmétique,
Et qu'on a le choix du moyen,
On prend le plus économique.
Quel homme ne calculera
Que moins il nous en donnera
Et plus il en aura de reste ?
Pour nous quel résultat funeste,
Si jamais on pense à cela.

Avisez-y, la crise est forte.

Qui sait ce qui retournera ?
Le pauvre genre humain déjà
Assez malgré lui nous supporte.
J'ai peur, je ne m'en dédis pas,
Que bientôt tout aille de sorte,
Qu'on mette nos trônes à bas
Et nos majestés à la porte.

Que ferions-nous en pareil cas ?
Triste figure, je suppose.
Nous ne sommes bons qu'à régner,
C'est-à-dire à très-peu de chose.
Un roi sait manger son dîner ;
Mais, mon ami, je vous assure
Qu'il risquerait fort de jeûner,
S'il se trouvait par aventure
Jamais réduit à le gagner.
Denis, dépouillé de l'empire,
Fut maître d'école, dit-on.
Comparaison n'est pas raison.
Denis avait appris à lire ;
Ce talent-là lui profita.
Nos connaissances assez minces
Ne s'étendent pas jusque là.
Les rois (c'est démontré cela)
Sont ignorans comme des princes.

Mon camarade, il est constant
Que plus des trois quarts de la terre,
Sont encor sots passablement ;
Fermant les yeux à la lumière,
L'univers est aveugle encor.
Prenons bien garde à son essor ;
Nous sommes perdus s'il s'éclaire.

En risquant cet événement,
Comme il se peut qu'incessamment,
Des rois sonne l'heure suprême,
Il nous faut, en cas d'accidens,
Apprendre à travailler nous-même,
Et des métiers à nos enfans.

ARMAND CHARLEMAGNE.

LA

PRISE DE TOULON.

1794.

Air : De la Marseillaise.

Ils ont payé leur perfidie ;
Ils ont fui, ces Anglais pervers.
En vain par un lâche incendie,
Ils ont cru venger leurs revers ;
En embrasant ces édifices,
Ces murs qu'ils n'ont pu garantir,
Ils n'ont rien fait qu'anéantir
Les repaires de leurs complices.
Triomphe, Liberté ! donne partout des lois ;
Ton sort est désormais de vaincre tous les rois.

De leurs cohortes fugitives,
Si Dunkerque fut le cercueil,
Toulon contemple de ses rives
Le naufrage de leur orgueil.
Poursuivis par notre vengeance,
Ces ennemis, jadis si fiers,

   N'auront montré sur les deux mers
   Que leur crime et leur impuissance.
Triomphe, Liberté, etc.

   O vous, dont la funeste adresse,
   Changeant de masque chaque jour,
   Par l'excès ou par la faiblesse,
   Voulut nous perdre tour à tour,
   Cédez aux destins de la France ;
   Vos trahisons n'ont plus d'appui,
   Et l'Anglais emporte avec lui,
   Et sa honte et votre espérance.
Triomphe, Liberté ! donne partout des lois ;
Ton sort est désormais de vaincre tous les rois.

Par La Harpe.

ANNIVERSAIRE

DU 14 JUILLET.

1794.

O jour d'un immortel exemple !
De l'oppresseur jour redouté,
Où de l'auguste Liberté
Nos bras ont relevé le temple,
Quels sentimens et quels bienfaits
Tu rappelles à la mémoire !
Tu nous enchaînas pour jamais
Au char brillant de la victoire.

CHOEUR.

Peuples, avant ce jour nous partagions vos fers ;
Osez nous imiter, et vengez l'univers. *bis.*

Tombez avec la tyrannie,
Sombres tours, où l'orgueil des rois
Trop long-temps étouffa la voix
De l'innocence et du génie :
Que vos débris encor fumans
Attestent sur chaque rivage,

Et la force de nos sermens
   Et notre horreur pour l'esclavage.
Peuples, etc.

  De l'Hibernie enfans sublimes,
  Bravez un bourreau couronné;
  Bravez ce monstre forcené,
  Lâche artisan de tous ses crimes
  L'atrocité de leurs forfaits
  Ne peut arrêter vos conquêtes.
  Que leur sert d'implorer la paix?
  Qu'au supplice ils portent leurs têtes.
Peuples, etc.

  Et vous que cet autel rassemble,
  Confédérés victorieux,
  Français, héros chéris des Dieux,
  Que vos cœurs répètent ensemble :
  Nous voulons le règne des lois;
  Seul il maintient l'indépendance.
  Mais nous n'abjurons pas nos droits
  Quand nous proscrivons la licence.
Peuples, avant ce jour nous partagions vos fers;
Osez nous imiter, et vengez l'univers.

Par CARRÉ.

LES

HÉROS DU VENGEUR.

CHANT NATIONAL,

AUX MARINS FRANÇAIS.

1794.

AIR de Roland.

LE CAPITAINE.

Le destin trahit nos exploits ;
Nos agrès, nos mâts, sont en poudre :
Céder, se rendre !... affreuses lois !
Soldats, accourez à ma voix :
La honte ou la mort, que résoudre?
Répondez, quel est votre choix?

CHŒUR DES SOLDATS ET DES MATELOTS.

Mourons pour la patrie !
C'est le sort le plus beau, le plus digne d'envie.

LE CAPITAINE.

Ce pavillon dont sur les mers
Nous devions soutenir la gloire,
N'aura-t-il vu que nos revers?
A la patrie, à l'univers
Nous qui jurâmes la victoire,
Pourrons-nous accepter des fers?

CHOEUR.

Mourons, etc.

LE CAPITAINE.

Pourrons-nous au joug des Anglais
Soumettre une tête servile,
Nous hommes libres, nous Français?
Parmi l'opprobre et les regrets,
Irons-nous vieillir dans leur île
De leurs mépris dignes objets?...

CHOEUR.

Mourons, etc.

LE CAPITAINE.

Oui, suivons un transport si beau;
Qu'un noble trépas nous honore;

16

Pour nous la vie est un fardeau.
Entr'ouvrons les flancs du vaisseau ,
Et que nos mains libres encore
A tous nous creusent un tombeau.

CHOEUR.

Mourons, etc.

LE CAPITAINE.

Pavillons, flames, étendards,
Signes de triomphe et de joie ,
Brillez sur ces flottans remparts.
O liberté ! de toutes parts
Que ta bannière se déploie,
Et charme nos derniers regards !

CHOEUR.

Mourons, etc.

LE CAPITAINE.

Approche, superbe vainqueur ,
Approche, les vaincus t'attendent ,
Prêts à couronner ta valeur.
Tu diras à ton dictateur
Comment les vrais Français se rendent :
Qu'il frémisse au nom du *Vengeur* !

CHOEUR.

Mourons, etc.

LE CAPITAINE.

Voici le moment glorieux ;
Notre immortalité commence :
Sur l'avenir fixons nos yeux.......

TOUS.
(Les bras tendus vers la flotte française.)

Amis, recevez nos adieux.
Douce patrie ! heureuse France !
Entends, reçois nos derniers vœux.

mourons pour la patrie ;
C'est le sort le plus beau, le plus digne d'envie.

(Le vaisseau s'abîme.)

Dormez du sommeil des héros,
Guerriers, républicains fidèles !
Dormez, des palmes immortelles
Croissent pour vous du sein des eaux.

Aux saintes pages de l'histoire,
Aux cœurs sensibles des Français,

La reconnaissance à jamais
Va consacrer votre mémoire.

Dormez du sommeil des héros
Guerriers, républicains fidèles!
Dormez, des palmes immortelles
Croissent pour vous du sein des eaux.....

HYMNE DU 10 GERMINAL,

PAR Th. DÉSORGUE.

1794.

Trop long-tems on vit sur nos têtes
Flotter des nuages impurs ;
Trop long-tems de noires tempêtes
Ont troublé la paix de nos murs.
Avec les dons nouveaux de Flore,
Qu'un jour serein comme l'aurore
Rayonne enfin sur nos climats
Et puisse, loin de nos rivages,
Et l'infortune et les orages,
S'éloigner avec les frimats !

O germinal ! mois d'allégresse !
Dieu de la rosée et des fleurs,
Donne à la France ta jeunesse
Et tes germes réparateurs.
Que la patrie encor sanglante
Vous inspire quelque pitié :

Voyez cette saison riante,
Qui vous invite à l'amitié.

Malheur à ce Français farouche
Qui ferme son cœur et sa bouche
A la douceur du sentiment ;
Qui se repaît de sa furie ,
Et ne sait point à la patrie
Immoler un ressentiment.

CHOEUR.

O germinal ! etc.

De la nature rajeunie ,
Suivons les bienfaisantes lois ;
Imitons sa douce harmonie ;
Par elle affermissons nos droits.
Voyez de quelle étroite chaîne,
Au tronc amoureux de ce chêne
Le lierre se plaît à s'unir.
Cette onde embrasse le bocage ,
Et déjà le naissant feuillage
S'incline au baiser du zéphir.

CHOEUR.

O germinal ! etc.

Dans cette saison fortunée,
Qui n'a point amolli son cœur?
La lionne moins forcenée
Rugit d'une tendre fureur.
Les couleuvres impitoyables,
Quittent leurs poisons redoutables,
Pour se presser des plus doux nœuds;
Et l'homme seul, qu'un Dieu facile
Forma d'une si noble argile,
Garderait d'homicides vœux!

CHOEUR.

O germinal, etc.

Ah! si l'implacable vengeance
Doit armer vos bras irrités,
Sur les ennemis de la France,
Vengez vos murs ensanglantés.
Jeunes Français, Français fidèles,
Recevez, des mains paternelles,
Ce glaive, soutien de vos droits;
Volez dans les champs de la gloire,
Et rassurez par la victoire
L'édifice naissant des lois!

CHOEUR.

O germinal! etc.

Auguste loi! vierge sacrée,
Fille du souverain des cieux!
Descends de la voûte azurée,
Découvre ton livre à nos yeux!
Jurons sur sa page immortelle,
Jurons une guerre éternelle
Aux tyrans de la liberté :
Jurons de servir la patrie,
De lui rendre la paix chérie
Et de sauver l'humanité!

CHOEUR.

O germinal ! mois d'allégresse !
Dieu de la rosée et des fleurs !
Donne à la France ta jeunesse
Et tes germes réparateurs.

❦❦❦❦❦❦❦❦❦❦❦❦❦❦❦❦❦❦

LA BATAILLE DE FLEURUS.

HYMNE A LA VICTOIRE,

PAR LEBRUN,

1794.

C'est en vain que le Nord enfante
Et vomit d'affreux bataillons;
Leur corps est promis aux sillons
De notre France triomphante.
Fleurus, tes champs couverts de morts,
Attestent les heureux efforts
De la valeur républicaine;
Tes champs, fameux par nos exploits,
Ont trahi l'espoir et la haine
De cent mille esclaves des rois.

Non, non, il n'est rien d'impossible
A qui prétend vaincre ou périr.
Ce cri: *Vivre libre ou mourir*,
Est le serment d'être invincible.

Pareils aux flots de ces ravines
Dont le bruit sème la terreur,

Ils s'avançaient, et leur fureur
Méditait de vastes ruines.
Leurs vœux se disputaient nos biens ;
Du meurtre de nos citoyens,
Ils ensanglantaient leurs pensées.
Ils ont paru ; mais ils ont fui,
Comme ces feuilles dispersées
Qu'Éole souffle devant lui.

CHOEUR.

Non, non, il n'est rien d'impossible etc.

Le Dieu que célèbre nos fêtes,
L'Éternel combattait pour nous ;
L'Éternel dirigeait nos coups,
Et frappait leurs coupables têtes.
O Fleurus ! ô vaste cercueil,
Où des rois expire l'orgueil,
Où périt l'insulaire avare ;
C'est là qu'au fer de nos soldats,
L'Anglais fourbe, lâche et barbare
A payé ses assassinats.

CHOEUR.

Non, non, il n'est rien d'impossible etc.

Soleil, témoin de la victoire,
Applaudis nos brillans succès !
Sois fier d'éclairer des Français;
Répands tes feux et notre gloire !
Que sur leurs trônes chancelans,
Tous les rois pâles et tremblans,
Craignent la même destinée !
Enfin les peuples ont leur tour,
Et leur justice mutinée
Les venge d'un aveugle amour.

CHOEUR.

Non, non, il n'est rien d'impossible, etc.

Il n'est plus de lâches obstacles.
Vainqueurs sur la terre et les flots,
Tous les Français sont des héros.
Liberté ! voilà tes miracles !
L'ombre de nos seuls étendarts,
Fait tomber les tours, les remparts.
Le Brabant nous ouvre ses portes,
Et le souffle de nos guerriers,
Précipite au loin ces cohortes
Qui menacèrent nos foyers.

CHOEUR.

Non, non, il n'est rien d'impossible, etc.

O Renommée! à ces nouvelles,
A ces prodiges que tu vois,
Prête l'éclat de tes cent voix,
Ranime tes rapides ailes!
Va, par un fidèle rapport,
Glacer les despotes du nord!
Conte au Danube, au Boristhène
Que, vengeur de sa liberté,
Le Français, de Sparte et d'Athène
Surpasse l'antique fierté!

CHOEUR.

Non, non, il n'est rien d'impossible,
A qui prétend vaincre ou périr.
Ce cri : *Vivre libre ou mourir,*
Est le serment d'être invincible.

LA REPRISE DE TOULON,

CHÉNIER.

1794.

Toulon redevenu Français,
N'étend plus ses regards sur une onde captive;
Son roc purifié par nos justes succès,
Menace Albion fugitive:
Les feux qu'ont allumé des ennemis pervers,
Dirigés contre eux-même ont foudroyé leurs têtes;
Et les vaisseaux, tyrans des mers,
Sont poursuivis par les tempêtes.

Il sera partout abattu
Le rival insolent d'un peuple magnanime.
Le Français au combat marche avec la vertu,
Et l'Anglais marche avec le crime.
Le pouvoir éternel qui siége au haut des cieux,
Du peuple souverain protége le génie;
Et les élémens furieux
S'arment contre la tyrannie.

Les esclaves cherchent les rois.
Toulon vomit au loin ses habitans coupables :
D'autres mortels plus purs invoqueront nos lois,
    Sur ces rivages mémorables.
Abandonnant des cours l'asile corrupteur,
D'autres traverseront la liquide campagne,
    Et viendront chercher le bonheur
    Au port sacré de la montagne.

    Anglais ! vos serviles vaisseaux,
Teints du sang qui coula sous les remparts de Gènes,
D'une cité française osant souiller les eaux,
    Venaient nous apporter des chaînes.
Les nôtres à Plymouth portant l'égalité,
Consoleront la Manche à des brigands soumise,
    Et le jour de la liberté
    Luira sur la sombre Tamise.

    En vain vous prétendez encor
Appesantir sur l'onde un trident tyrannique ;
Rois, ministres, guerriers, vainqueurs avec de l'or,
    Triomphans par la foi punique,
L'Univers se soulève ; il remet en nos mains
Le soin de recouvrer le public héritage,
    Et les bras des nouveaux Romains
    Renverseront l'autre Carthage.

Lève-toi, reprends tes lauriers ;
Ceins d'olive et de fleurs ta tête énorgueillie,
Fille de l'Océan, dont les flots nourriciers
    Baignent la France et l'Italie.
Sur ton sein généreux porte-nous les trésors
De l'onde Adriatique et des mers de Bysance ;
    Appelle et conduis dans nos ports
    Les doux tribus de l'abondance !

    Peuple libre et triomphateur,
Français ! notre destin fera le sort du monde :
C'est un soleil nouveau dont l'éclat bienfaiteur
    Réjouit, anime et féconde.
Tout ressent, tout bénit ses regards pénétrans :
Tout suit en l'invoquant cet astre tutélaire :
    Son feu qui brûle les tyrans,
    Nourrit les peuples qu'il éclaire.

HYMNE

AUX CITOYENS MORTS POUR LA PATRIE.

Restes chéris des citoyens guerriers
Qui soutenaient l'éclat de la cause publique,
Victimes des agens du pouvoir despotique,
Je dépose sur vous les palmes, les lauriers
 Que vous offre la République.
 De respect, d'admiration,
 Le cœur attendri, l'ame émue,
 Au nom de notre nation,
 Restes sacrés! je vous salue.
Intrépides soldats, braves républicains,
 Illustres morts, que vos destins
 Sont brillans, sont dignes d'envie!
Martyrs de la vengeance et de la cruauté,
 De votre sang, de votre vie,
Vous avez cimenté l'auguste liberté!
 Celui qui meurt pour sa patrie,
 Renaît pour l'immortalité.

Par MOLINE.

MORT DE MARAT

CHANT DITHYRAMBIQUE.

RÉVEILLE-TOI, lyre d'Orphée,
Enfante de nouveaux concerts ;
Jamais aux rives de l'Alphée
Pindare ne chanta des triomphes plus chers ;
Jamais plus superbe trophée
N'appela sur nos bords les yeux de l'univers.
France heureuse, quelle est ta gloire !
Tu vois les chefs-d'œuvre des arts,
Conquis des mains de la victoire,
Embellir tes nobles remparts.

Dans sa course immense et féconde,
Le soleil même est fier de ton auguste aspect.
C'est de toi que sortit la liberté du monde,
Et le monde vengé l'admire avec respect.

De ton char immortel préside à cette fête,
Dieu du jour et des arts, radieux Apollon ;
Digne de marcher à leur tête,
Reconnais le vainqueur de l'horrible Python.
A voler sur ses pas les Muses empressées
Viennent s'offrir à nos transports.

17

La nature, les arts, le trésor des pensées,
    Qu'une main fidèle a tracées,
De leur triple conquête enrichissent nos bords:
    France heureuse, etc.

De talens créateurs quelle foule rivale !
Guidez, sœur d'Apollon, un cortége si beau :
L'Olympe en est jaloux et n'a rien qui l'égale.
La toile a respiré sous le feu du pinceau ;
Tous ces marbres vivans sont les fils du ciseau.
    Devant leur marche triomphale
    La gloire agite son flambeau.
    France heureuse, etc.

Beaux-arts, rois sans esclaves, honneur de la patrie,
Venez dans leurs palais succéder aux tyrans ;
Leur trône est abattu, leur mémoire est flétrie :
De l'immortalité sublimes conquérans,
    La vôtre est à jamais chérie :
Venez dans leurs palais succéder aux tyrans.
    France heureuse, etc.

    Jadis, ces merveilles divines,
Rome les enlevait aux Grecs industrieux ;
    Et, dans la ville aux sept collines,
Notre Mars enleva ces larcins glorieux.
    Riche des dépouilles du Tibre,
    La Seine triomphante et libre
    Pour jamais les offre à nos yeux.

Du bonheur des Français que Rome se console :
Rome a vaincu pour nous le pontife et l'idole ;
    Son génie est ressuscité ;
Et les fils de Brennus rendent le Capitole
    A son antique liberté.
    France heureuse, etc.

                   LEBRUN.

––––––––––––––––––––––––––––––––––

CHANT D'UNE ESCLAVE

AFFRANCHIE PAR LE DÉCRET DE LA CONVENTION NATIONALE,

SUR LE BERCEAU DE SON FILS.

PAR COUPIGNY.

Au jour plus pur qui t'éclaire
Ouvre les yeux, ô mon fils!
Toi seul consolais ta mère
Dans ses pénibles ennuis;
Si, du sommeil qui te presse,
Elle interrompt la douceur,
C'est qu'il tarde à sa tendresse
De t'éveiller [au bonheur.

Quoi! libre dès ton aurore,
Mon fils, quel destin plus beau!
De l'étendard tricolore
Je veux parer ton berceau :
Que cet astre tutélaire
Brille à tes regards naissans;

Qu'il échauffe ta carrière,
Même au déclin de tes ans !

En ton nom, à la patrie
Je jure fidélité :
Tu ne me dois que la vie,
Tu lui dois la liberté.
Sous le ciel qui t'a vu naître,
Rétabli dans tous tes droits,
Tu ne connaîtras de maître
Que la nature et les lois.

Dieu puissant ! à l'Amérique
Ta main donna des vengeurs;
Répands sur la République
Tes immortelles faveurs;
Fais dans les deux hémisphères
Que ses appuis triomphans,
Forment un peuple de frères,
Puisqu'ils sont tous tes enfans !

HYMNE

CHANTÉ A LA FÊTE DE BARRA ET VIALA,

PAR D'AVRIGNY.

Le beau jour marqué par la gloire
Luit sur nos superbes remparts :
Accourez, fils de la Victoire,
Rassemblez-vous de toutes parts!
A l'auguste voix de la France,
Que les cieux répondent, émus ;
Le peuple souverain s'avance,
Couvert des palmes de Fleurus.
Honneur à la mémoire
De Barra, de Viala, morts pour la liberté!
Chantons, chantons, que nos hymnes de gloire
Montent jusqu'au séjour de l'immortalité!

Qu'elle est belle, qu'elle est sublime
La fin de leurs jours glorieux!
S'ils tombent sous le fer du crime,
La vertu les élève aux cieux.

Ils n'ont fait qu'échanger la vie
Pour un éternel souvenir,
Et les bras ouverts, la patrie
A reçu leur dernier soupir.
            Honneur à la mémoire
De Barra, de Viala, morts pour la liberté!
   Chantons, chantons, que nos hymnes de gloire
Montent jusqu'au séjour de l'immortalité!

   Autour de ces ombres sacrées,
   Flottez drapeaux, sonnez clairons;
   Et que les couleurs révérées,
   De nos murs pendent en festons!
   Aux accens des cors, des cymbales,
   Ouvrez-vous, temple des héros!
   Et que vos portes triomphales
   Reçoivent deux martyrs nouveaux!
            Honneur à la mémoire
De Barra, de Viala, morts pour la liberté!
   Chantons, chantons, que nos hymnes de gloire
Montent jusqu'au séjour de l'immortalité!

HYMNE A DIEU.

1794.

Principe créateur, pure et sublime essence,
Qui du monde et des tems régla l'ordre éternel,
Un peuple souverain, digne de sa puissance,
  T'honore en ce jour solennel.

Porte un regard d'amour sur ce spectacle auguste
Tout plein de ta grandeur, de ta divinité !
Les parfums de la terre et les vœux d'un cœur juste
  Sont l'encens qui t'est présenté.

Que, versant dans les airs une clarté nouvelle,
L'astre brillant du jour, dans sa course entraîné,
Ne puisse contempler une pompe plus belle,
  Un empire plus fortuné !

A ce feu révéré par le Guèbre et le Mage,
L'erreur dans l'Orient éleva des autels ;
A des Dieux imposteurs elle offrit un hommage
  Souillé par le sang des mortels.

L'impie audacieux, levant sa tête altière,
S'écriait : « Tu n'es pas le père des humains ;
Tu n'as point fait les cieux ; ce globe de lumière
    N'est point une œuvre de tes mains.

» La matière éternelle à tout donna naissance ;
Mortel faible et trompé, rougis, ouvre les yeux :
Tout périt sans retour, le crime et l'innocence ;
    C'est la crainte qui fit les Dieux. »

C'est ainsi qu'étouffant une voix importune,
De son cœur sur nos maux il répandait le fiel ;
Barbare, il aigrissait les pleurs de l'infortune,
    Levant ses regards vers le ciel !

La raison, éveillée au cri de la nature,
Du trône de l'orgueil précipite les rois,
Et des prêtres menteurs éclairant l'imposture,
    Rétablit ton culte et nos droits.

L'athéisme, frappé par nos lois salutaires,
Exhale ses poisons et se roule abattu ;
Les cieux s'ouvrent au juste, et ce peuple de frères
    Pour culte embrasse la vertu.

Toi, le conservateur des êtres et du monde,
Si ton souffle a donné la forme aux élémens,

S'il soutient des états la puissance féconde,
   Ou renverse leurs fondemens,

D'une postérité florissante et nombreuse,
Flatte l'espoir jaloux d'un peuple énorgueilli ;
Et que de nos succès, par une race heureuse,
   Le fruit soit long-tems recueilli.

Déjà la mer voit fuir le perfide insulaire ;
L'aigle altier des Césars recule ensanglanté ;
Les monts sont affranchis, et du farouche Ibère
   L'orgueil indocile est dompté.

La vertu, la pudeur trop long-tems profanées,
Sans crainte à nos regards lèvent un front serein,
Et la fécondité, de gerbes couronnées,
   Verse les trésors de son sein.

O Dieu de l'univers ! dispense à la patrie
Les dons de la nature et de la liberté,
Un repos glorieux, une active industrie,
   Une longue prospérité.

                  Par DÉSAUGIERS.

HYMNE

A JEAN-JACQUES ROUSSEAU.

1795.

LES VIEILLARDS ET LES MÈRES DE FAMILLE.

Toi qui d'Emile et de Sophie,
Qui de la nature avilie,
Rétablis les droits méconnus ;
Éclaire nos fils et nos filles ;
Forme aux vertus leurs jeunes cœurs,
Et rends heureuses nos familles
Par l'amour des lois et des mœurs.

LE CHŒUR.

O Rousseau, modèle des sages,
Bienfaiteur de l'humanité,
D'un peuple fier et libre accepte les hommages,
Et du fond du tombeau soutiens l'égalité.

LES REPRÉSENTANS DU PEUPLE.

Ta main, de la terre captive,
Brisant les fers long-temps sacrés,
De sa liberté primitive,
Trouva les titres égarés.
Le peuple s'armant de la foudre
Et de ce contrat solennel,
Sur les débris des rois en poudre
A posé son trône éternel.

LE CHOEUR.

O Rousseau ! etc.

LES ENFANS ET LES JEUNES FILLES.

Tu délivras tous les esclaves,
Tu flétris tous les oppresseurs ;
Par toi, sans chagrins, sans entraves,
Nos premiers jours ont des douceurs.
De ceux dont tu pris la défense,
Reçois les vœux reconnaissans :
Rousseau fut l'ami de l'enfance,
Il est chéri par les enfans.

LE CHOEUR.

O Rousseau ! etc.

LES GENEVOIS.

Tu vois près de ta cendre auguste
Tes amis, tes concitoyens ;
Philosophe sensible et juste,
Nos oppresseurs furent les tiens ;
Et dans ta seconde patrie,
Genève agitant son drapeau,
Genève, ta mère chérie,
Chante son fils le bon Rousseau.

LE CHOEUR.

O Rousseau ! etc.

LES JEUNES GENS.

Combats toujours la tyrannie
Que fait trembler ton souvenir :
La mort n'atteint pas ton génie,
Ce flambeau luit pour l'avenir ;

Ses clartés pures et fécondes
Ont ranimé la terre en deuil,
Et la France au nom des deux mondes,
Répand des fleurs sur ton cercueil.

LE CHOEUR.

O Rousseau! modèle des sages,
Bienfaiteur de l'humanité,
D'un peuple fier et libre accepte les hommages,
Et du fond du tombeau soutiens l'égalité.

M. J. CHÉNIER.

ÉVACUATION DU TERRITOIRE FRANÇAIS,

ou

CHANT DU TRIOMPHE.

1795.

Quand des montagnes du Pyrène ,
Par nos phalanges renversé ,
Comme un rocher que l'onde entraîne ,
Tombait l'Espagnol courroucé ;
Quand les deux aigles alliées ,
D'un même coup humiliées ,
S'enfuyaient loin de nos remparts ,
Et que, d'un effort héroïque ,
Les conquérans de la Belgique
Écrasaient les fiers léopards,

Un cri de deuil et d'épouvante
Ébranla les mers et le ciel ,
Et, de la Tamise tremblante ,
Retentit jusques au Texel.

Alors la muse de la Seine,
Sur les murs de Valenciennes,
Monta, ceinte des trois couleurs ;
Et, touchant sa lyre savante,
Éleva sa voix éclatante,
En chantant l'hymne des vainqueurs.

Quel pouvoir unit et rassemble
Cette foule de nations ;
Quel Dieu les fait marcher ensemble
Oubliant leurs dissensions ?
Vienne et Berlin, cités vénales,
Joignant leurs enseignes royales,
De rivales deviennent sœurs ;
Et le Batave tributaire,
Dément sa haine héréditaire
Pour ses antiques oppresseurs.

Je vois l'Anglais, je vois l'Ibère,
Rangés sous le même étendard ;
Ont-ils en vain juré la guerre
Sur les rochers de Gibraltar ?
Où donc est la vieille balance
Qui tenait dans la défiance
Tant de rivaux, tant d'ennemis ?
Qui donc a rompu l'équilibre ?
Un peuple a dit : je serai libre !
Et tous les trônes sont unis.

Mais, de ces hordes étrangères
Qu'ont produit les débordemens ?
Elles ont franchi nos frontières
Pour y laisser leurs ossemens.
Tout ce colosse de puissance
N'est plus qu'une ruine immense,
Objet d'insulte et de mépris ;
Ce faisceau de sceptres sans gloire,
Frappé des mains de la victoire,
Se brise, et tombe en longs débris.

Vous fuyez ô troupe superbe !
Vous fuyez, et votre fierté
Promettait de cacher sous l'herbe,
Le temple de la libërté !
Ligue impuissante et mercenaire !
Une dépouille imaginaire
Trompa les vœux de votre orgueil ;
Et, de ce char de la vengeance,
Qui devait rouler sur la France,
Vous descendez dans le cercueil.

Vos espérances mensongères
Vous partageaient nos régions,
Et vos plus puissantes barrières
Sont en proie à nos légions !
Ces monts qui bordent l'Ibérie,
Ces boulevards de l'Hespérie,

S'abaissent devant nos destins ;
Leurs défenseurs demandent grâce,
Et déja la foudre menace
L'héritage des Palatins.

Le Rhin s'est troublé dans ses ondes
A l'aspect de nos armemens ;
Du sein de ses grottes profondes
Il pousse des gémissemens.
Le bruit de sa voix éplorée
Vient frapper l'orgueilleuse Sprée
Et le Danube usurpateur,
Racontant Cologne soumise,
Et Bruxelles deux fois conquise
Par un pouvoir libérateur.

Des Français immortel génie,
Songe, parmi tant de lauriers,
Que la hideuse tyrannie
S'est assise dans tes foyers.
Elle eut pour mère l'ignorance.
Ces deux monstres ont sur la France
Épanché leur plus noir poison.
Guéris ses maux, taris ses larmes,
Et joins au succès de nos armes
Le triomphe de la Raison.

Que la Sagesse protectrice
De la paisible Égalité,
Soit la seule dominatrice
Des enfans de la Liberté;
Que l'anarchique turbulence
Et la sanguinaire démence
S'anéantissent à sa voix;
Que sa main ferme et vénérable
Élève un monument durable,
Qui n'ait pour base que les lois !

Par La Harpe.

CHANT DU 10 AOUT

PAR CHÉNIER.

UN BARDE.

Jeunes guerriers, troupe immortelle,
Mêlez vos accens à ma voix :
Français, le Barde vous appelle ;
Avec lui chantez vos exploits.
Célébrons aujourd'hui la fête,
La fête du peuple vainqueur ;
Jamais si brillante conquête
N'a couronné notre valeur.

LE CHOEUR.

Jour de liberté, jour de gloire,
Qui du peuple as fondé les droits,
Vingt siècles étonnés chanteront la victoire
Que tu remportas sur les rois.

TROIS GUERRIERS (à voix basse).

O nuit paisible, nuit profonde,
Entends nos vœux, arme nos bras;
C'est pour la liberté du monde
Que nous préparons des combats.
Demain nous sauverons l'empire,
Priez femmes, vieillards, enfans;
Demain, le Louvre où l'on conspire
Entendra ces cris triomphans.

LE CHŒUR.

Jour de liberté, etc.

FEMMES, VIEILLARDS, ENFANS.

Si l'homme libre est ton ouvrage,
Grand Dieu, veille sur nos remparts;
Des tyrans et de l'esclavage
Renverse les vils étendards.
La royauté, dans les ténèbres,
Reçoit d'homicides sermens;
Mais déjà les tocsins funèbres
Ont sonné ses derniers momens.

LE CHOEUR.

Jour de liberté, etc.

TOUS LES BARDES.

Triomphez, liberté! patrie!
Il est tombé ce noir cyprès,
Dont la feuille antique et flétrie
Attristait nos jeunes forêts;
Et sur le débris monarchique
De ses rameaux contagieux,
Les palmes de la République
Élèvent leur front jusqu'aux cieux.

LE CHOEUR.

Jour de liberté, etc.

CHANT DU RETOUR.

PAR M. J. CHÉNIER.

1797.

Contemplez nos lauriers civiques ;
L'Italie a produit ces fertiles moissons ;
Ceux-là croissaient pour nous au milieu des glaçons ;
Voici ceux de Fleurus ; ceux des plaines belgiques.
Tous les fleuves surpris nous ont vu triomphans ;
    Tous les jours nous furent prospères ;
    Que le front blanchi de nos pères
Soit couvert des lauriers cueillis par nos enfans.

LE CHOEUR.

Tu fus long-tems l'effroi, sois l'amour de la terre,
    O république des Français.
Que le chant des plaisirs succède aux cris de guerre :
    La Victoire a conquis la Paix.

LES VIEILLARDS.

Chers enfans, la tombe des braves
Réclame ces lauriers moissonnés par vos mains ;

Vos frères, comme vous, ont vaincu les Germains,
Délivré les Toscans, les Belges, les Bataves.
Au séjour des héros, parvenus avant vous,
    Ils y tiennent vos palmes prêtes :
    Leurs mânes célèbrent nos fêtes ;
Unis à nos concerts, ils chantent avec nous.

LE CHOEUR.

Tu fus long-tems l'effroi, sois l'amour de la terre,
    O république des français.
Que le chant des plaisirs succède aux cris de guerre :
    La Victoire a conquis la Paix.

LES BARDES.

    Les Germains vaincus applaudissent,
Les bardes de la France ont élevé leur voix ;
Leur lyre prophétique a chanté vos exploits,
Et de vos noms sacrés les siècles retentissent.
La Victoire a plané sur vos fiers étendarts ;
    Chargés de ses palmes altières,
    Venez, loin des tentes guerrières,
Goûter un doux repos sous les palmes des arts.

LE CHOEUR.

Tu fus long-tems l'effroi, sois l'amour de la terre,
    O république des Français.

Que le chant des plaisirs succède aux cris de guerre :
   La Victoire a conquis la Paix.

LES JEUNES FILLES.

Guerriers, votre dot est la gloire.

LES GUERRIERS.

Unissons par l'hymen et nos mains et nos cœurs.

LES JEUNES FILLES.

Et l'hymen et l'amour sont le prix des vainqueurs.

LES GUERRIERS.

Formons d'autres guerriers ; léguons-leur la victoire.

LES GUERRIERS ET LES JEUNES FILLES.

Qu'un jour à leurs accens, à leurs yeux enflammés,
   On dise : Ils sont enfans des braves.
   Que sourds aux tyrans, aux esclaves,
Ils accueillent toujours la voix des opprimés.

LE CHŒUR

Tu fus long-tems l'effroi, sois l'amour de la terre,
   O république des Français.

Que le chant des plaisirs succède aux cris de guerre :
La Victoire a conquis la Paix.

UN GUERRIER, UN BARDE, UN VIEILLARD, UNE JEUNE FILLE.

Grand Dieu, c'est ta main qui dispense
La Gloire et la Vertu , bienfaits dignes du ciel ;
La Victoire descend de ton trône éternel ;
Par toi la Liberté vint luire sur la France.
N'éteins pas, Dieu puissant, ses rayons précieux !
Que d'âge en âge la patrie
Soit libre, puissante et chérie ;
Et que nos descendans bénissent leurs aïeux.

LE CHOEUR.

Tu fus long-tems l'effroi , sois l'amour de la terre,
O république des Français.
Que le chant des plaisirs succède aux cris de guerre :
La Victoire a conquis la Paix.

ANNIVERSAIRE DU 18 FRUCTIDOR.

PAR LEBRUN TOSSA.

1797.

Un vaste deuil couvrait la France,
La République périssait ;
Ivre de sang et de vengeance
Un nouveau maître s'avançait :
La Liberté, de son tonnerre,
Arme ses généreux enfans.
Rentrez, rentrez dans la poussière,
Troupeau d'esclaves insolens.

Ils insultaient, dans leur démence,
Aux blessures de nos héros,
Et leur offraient, pour récompense,
L'infamie ou les échafauds :
Les sermens de l'armée entière
Se sont unis à nos sermens.
Rentrez, rentrez dans la poussière,
Troupeau d'esclaves insolens.

Artisans de la calomnie
Qui, dans vos infâmes écrits,
Sur la vertu, sur le génie,
Versiez l'opprobre et le mépris ;
Du dard cruel de la vipère,
Vous frappiez les républicains.
Rentrez, rentrez dans la poussière,
Troupeau d'esclaves assassins.

De nos aïeux rouvrant la tombe,
le fanatisme a reparu ;
Il demandait, pour hécatombe,
Esprit, raison, talens, vertu.
Vous qui sonniez l'heure dernière
Du dernier des républicains,
Rentrez, rentrez dans la poussière,
Troupeau de prêtres assassins.

Toujours vaincus, toujours perfides,
Et dans leur bassesse affermis,
Mille complots liberticides
Ont signalé nos ennemis.
Eh bien ! s'ils appellent la guerre,
Républicains serrez vos rangs ;
Et faisons mordre la poussière
Aux esclaves comme aux tyrans.

LE CHANT DES VENGEANCES.

PAR ROUGET DE LISLE.

1797.

Aux armes! qu'aux chants de la paix,
Succède l'hymne des batailles :
Aux armes! Loin de nos murailles,
Précipitons nos rangs épais.
Qu'importe l'Europe vaincue?
Qu'importe la foule éperdue
De ces rois tremblans devant nous?
La paix nous est-elle permise?
L'affreux brigand de la Tamise
N'a point succombé sous nos coups!

C'est lui qui, des peuples armés,
Soudoya les hordes serviles :
Par lui, de nos guerres civiles,
Les flambeaux furent allumés.

Des bourreaux de notre patrie,
Son or suscita la fureur,
Sa main aiguisa les couteaux :
Nos revers, notre aveugle rage,
Nos crimes, tout fut son ouvrage ;
De la France il fit tous les maux.

Et tant de forfaits impunis
N'auraient pas enfin leur salaire !
Et les fiers enfans de la guerre
A ce point seraient avilis !
Mânes sanglans ! pâles victimes !
Ombres chères et magnanimes
Des braves morts dans nos combats,
Vos exploits ont sauvé la France :
Aux Français vous criez vengeance,
Et vos cris ne l'obtiendraient pas !

Vengeance ! jusques aux deux mers,
Que ce cri sacré retentisse !
Vengeance ! Nous ferons justice
A Londre, à nous, à l'univers.
Artisan des malheurs du monde,
Trop fier dominateur de l'onde,
En vain crois-tu nous échapper :
Sur tes rochers inaccessibles,
Le géant, de ses bras terribles,
Va te saisir et te frapper.

Vainqueurs d'Hunscoot, de Vissembourg,
Héros de Fleurus et d'Arcole,
Triomphateurs du Capitole,
De Quiberon, de Luxembourg !
Nous tous, fils de la République,
Sous les drapeaux de l'Italique
Joignons nos saints ressentimens ;
Sûrs, malgré les flots, les tempêtes,
D'atteindre les coupables têtes
Que vont dévouer nos sermens.

CHANT

DU 1er VENDÉMIAIRE AN 7.

LES BARDES.

Que nos voix, nos lyres altières,
Célèbrent ce jour glorieux !
De ses drapeaux injurieux
L'ennemi souillait nos frontières ;
Il méditait d'affreux succès ;
Ses foudres menaçaient nos têtes :
La République des Français
Jaillit du milieu des tempêtes.

LE CHOEUR.

Debout, vrai souverain ! lève un front respecté.
Les humains ne sont grands que par l'égalité.

LES GUERRIERS.

Dans la France encor monarchique
Des rois ligués tonnait l'airain ;

Sénat, au nom du souverain,
Tu proclamas la république ;
Les Rois fléchirent les genoux ;
Leur honte appartient à l'histoire.

LE CHOEUR.

Debout ! etc.

LES BARDES.

Guerriers, libérateurs rapides
Du Rhin, du Tibre et du Texel,
Sans doute un pouvoir immortel
Dirigeait vos mains intrépides.
Quel Dieu vous guidait à Fleurus
Et sur le pont sanglant d'Arcole ?
Avec vous, pour venger Brennus,
Quel Dieu montait au Capitole ?

LE CHOEUR.

Debout, etc.

LES GUERRIERS.

La patrie a fait ces miracles ;
C'est son nom qui nous rend vainqueurs ;
Sa voix sainte enflamme nos cœurs.

Et ses décrets sont nos oracles.
Qui sait tout lui sacrifier,
Aux revers est inaccessible.
On peut vaincre un peuple guerrier.
Un peuple libre est invincible.

LE CHOEUR.

Debout! etc.

LES VIEILLARDS ET LES MÈRES DE FAMILLE.

Enfans, qu'élève la patrie,
Ce jour a vengé vos aïeux :
Gardez le dépôt précieux
De notre liberté chérie.
Les tyrans et les imposteurs
Vainement sont armés contre elle ;
Cimentez les lois par les mœurs,
Et vous la rendrez immortelle.

LE CHOEUR.

Debout! etc.

CHOEUR GÉNÉRAL.

O raison ! puissance éternelle,
Pour les humains tu fis la loi :

Ils étaient égaux devant toi,
Avant d'être égaux devant elle.
L'œil des cieux, décrivant son cours,
Nourrit la nature embellie :
Comme lui, répands tous les jours
Les feux, la lumière et la vie.

LE CHOEUR.

Debout! etc.

Par CHÉNIER.

ODE NATIONALE

CONTRE

L'ANGLETERRE.

Tandis que la Tamise, en ses mornes rivages,
Dans son perfide sein méditant les ravages,
Roule une onde infidèle et jalouse des lis,
La Seine aux bords rians, nymphe tranquille et pure,
Porte son doux cristal, ennemi du parjure,
      A l'immense Thétis.

Thétis voit accourir à son humide trône
Le Tibre, l'Éridan, et le Tage, et le Rhône,
Le Méandre incertain, le rapide Eurotas,
Et le Volga pressant son onde hyperborée,
Le Danube au long cours, le Rhin, l'Elbe et la Sprée,
      Amante des combats.

Là, sous des bois vermeils inconnus aux Dryades,
Erraient de toutes parts de bruyantes nayades;

Tous les fleuves du monde y roulent leurs destins;
Tous, ceints d'algue et de joncs, s'inclinant sur leur urne,
Près du fils orageux de l'antique Saturne,
    Partagent ses festins.

La Tamise elle seule, ivre de sa fortune,
Et dédaignant l'honneur des banquets de Neptune,
Entraînait aux combats ses perfides vaisseaux;
Aux bords américains, déjà soufflant la guerre,
Son orgueil affectait l'empire de la terre
    Et le sceptre des eaux.

Sous les mers cependant les jeunes Néréides
Ont prodigué les fruits nés de leurs champs humides.
Les coupes du nectar animent leurs banquets,
Et l'ambroisie exhale une nue odorante,
Qui parfume à longs flots la voûte transparente
    Des liquides palais.

De l'Ohio tout à coup la Nayade lointaine
Les frappe de ses cris, pâle et fuyant à peine
A travers l'Océan, de barbares vainqueurs;
Ses regards éperdus, sa tête échevelée,
De roseaux teints de sang horriblement voilée,
    Attestent ses malheurs.

« Vengeance! criait-elle; ô Neptune! vengeance!
» Quel forfait de mes bords a souillé l'innocence?

» J'ai vu la paix trahie abjurer nos climats.
» Et toi, Seine, frémis à mes accens funèbres!
» La Tamise triomphe, et ses exploits célèbres
    » Sont des assassinats.

» Crédule, à cette paix que l'infidèle atteste,
» Hélas! je reposais dans un calme funeste :
» Un cœur pur de soupçons est rarement armé.
» Mes fils, sans crainte errans, dans leurs concerts sau
» Chaque jour éveillaient l'écho de mes rivages
    » Au nom d'un peuple aimé.

» Quand l'affreux ravisseur de la triste Acadie,
» L'Anglais que, sur mes pas, guide la perfidie,
» Fonde et voue un rempart à la Nécessité.
» De là son glaive impie et ses feux sacriléges
» Chassent les Dieux, la paix, et de nos priviléges
    » Bravent la sainteté.

» Le Français se réveille au bruit de cette audace ;
» Il sait du noir rempart l'insolente menace,
» Et son courroux vengeur suspend encor ses traits.
» Avant de foudroyer le crime en son asile,
» La sainte humanité confie à Jumonville
    » Le rameau de la paix.

» Il part : quinze guerriers, compagnons de son zèle,

» Le suivent jusqu'aux bords de l'enceinte infidèle;

» Il parlait, il offrait l'olive à ces pervers.

» O crime ! il tombe aux pieds de l'assassin farouche.

» Le doux nom de la paix expire sur sa bouche,

  » Sa troupe est dans les fers.

» Dieu des mers, tu l'entends, dit la Seine éperdue !

» On égorge mes fils ; leur sang coule à ta vue,

» Et ce sang généreux ne sera pas vengé !

» Ne suis-je plus ta fille, ô Neptune ! et toi-même

» N'es-tu plus souverain de ce trident suprême

  » Par l'Anglais outragé ?

» Voilà cette Albion, ce peuple magnanime

» Que le savoir éclaire et que l'honneur anime !

» C'est lui qui lâchement ensanglante la paix ;

» De la terre et des mers déprédateur avare,

» Au Huron qu'il dédaigne et qu'il nomme barbare,

  » Il apprend des forfaits.

» Tu voulus que les flots unissent les deux mondes;

» Et du libre Océan il enchaîne les ondes,

» Le cri des nations redemande les mers.

» Purge les flots sacrés de ses voiles parjures ;

» Venge le sang français, mes larmes, mes injures,

  » Toi-même et l'univers. »

Elle dit, et ses sœurs autour d'elle gémissent.
Attendris, indignés, tous les fleuves frémissent ;
Tous craignent d'enrichir l'Insulaire odieux.
La nymphe au lit d'argent, l'Orellanne en frisonne;
L'or du Tage pâlit, et le Gange emprisonne
     Ses cristaux radieux.

« Fleuves, rassurez-vous, dit l'époux d'Amphitrite
» Au livre des destins la vengeance est écrite ;
» Albion expiera les maux de l'univers.
» Avant que la Tamise ait compté quelques lustres,
» Elle aura vu changer ses triomphes illustres
    » En sinistres revers.

» Vainement l'insolente à sa noble rivale
» Croit opposer des flots l'orageux intervalle ;
» La perfide s'épuise en efforts superflus.
» Tremble, nouvelle Tyr ! un nouvel Alexandre
» Sur l'onde où tu régnais va disperser ta cendre :
    » Ton nom même n'est plus. »

                       LEBRUN.

L'EXPÉDITION D'ANGLETERRE,

ODE.

Tel qu'un pic élancé des cavernes profondes,
Dont l'éternel sommet soutient le poids des ondes,
Au bruit des flots grondans se dresse dans les airs,
Monte, grandit, étend l'orgueil de ses rivages,
Et debout sur les eaux, le front ceint de nuages,
Voit mourir à ses pieds le vain courroux des mers ;

Tel l'Hercule français, géant dès sa naissance,
Sur les rois conjurés déployant sa puissance,
S'élève triomphant des plus fiers potentats.
Leur empire en débris agrandit son domaine,
Et de tant d'ennemis que soulevait leur haine,
Les torrens dissipés s'écoulent sous ses pas.

O terre des guerriers ! ô France ! ô ma patrie !
Des bouches de L'Escaut aux rives de l'Istrie
Le fer de tes enfans a promené l'effroi :
Leur courage a vaincu les plus mâles courages,

Et les trônes, minés par le fleuve des âges,
Sur leurs vieux fondemens chancellent devant toi.

Mais quand du haut des cieux renversé sur la terre
L'aigle altier des Césars, dans sa tremblante serre,
Voit fumer le tonnerre étouffé par nos mains :
Quel dernier ennemi, dans la fuite commune,
Seul d'Achille vainqueur défiant la fortune,
Ose, nouvel Hector, balancer nos destins ?

Ah ! je le reconnais au trident qu'il agite;
C'est ce fougueux Xerès qui, tyran d'Amphitrite,
Fit gémir l'Océan sous le poids de ses fers.
Mais la France s'apprête à traverser les ondes :
La voilà qui s'ébranle, et, vengeant les deux mondes
D'un antique oppresseur court affranchir les mers.

Flots du Thal, monts Alpins, c'est vous que j'en atteste;
Qui brave tout peut tout , et la faveur céleste
Obéit aux mortels dans leurs vœux affermis.
Fiers vainqueurs de l'Adda, du Rhin et de la Meuse,
Oui , j'en jure une guerre en miracles fameuse,
Vous atteindrez ces bords à nos palmes promis.

Mais quel Dieu tout à coup à la terre m'enlève ?
De nuage en nuage avec lui je m'élève ,

Et le rivage au loin fuit mon œil éperdu.
Cette ville est Calais; ce roc fameux est Douvre;
Ce fleuve là Tamise; et là nuit qui me couvre
Me cache en vain les murs où je suis descendu.

Aux lueurs des flambeaux brûlans dans les ténèbres
J'aperçois les arceaux de tes voûtes funèbres,
Westminster! vaste tombe où sont couchés vingt rois.
Leur pouvoir est gissant, leur mémoire est éteinte.
O sublimes talens! nobles faits! vertu sainte!
A d'immortels tributs vous avez seuls des droits.

Tandis que des tombeaux je parcours le silence,
Dans cette nuit lugubre à mes regards s'avance
De femmes, de vieillards un cortège pieux :
A leur tête est leur roi, le front chargé d'alarmes;
Il gémit et son œil, obscurci par les larmes,
Semble errer sur la pierre où dorment ses aïeux.

Près d'un marbre écarté, je le vois qui s'arrête;
Il fléchit les genoux, il incline la tête,
Et, laissant échapper sa voix avec ses pleurs:
« O le plus grand des rois qu'adora l'Angleterre!
» O vainqueur de Crécy! victime de la guerre!
» Tes sujets, tes neveux t'apportent leurs douleurs.

» L'épouvante a rempli nos îles consternées ;
» Nous périssons : du haut des Alpes étonnées,
» Vois les fils de la Seine accourir triomphans.
» C'est en vain que les mers loin de nous les arrêtent ;
» Ils affrontent les mers et les traits qu'ils apprêtent,
» Jusque dans nos foyers poursuivent tes enfans.

» Sors de ce monument, sors, ombre magnanime !
» Qui pourrait m'arracher au destin qui m'opprime
» O mon père ! que dois-je attendre des humains ?
» Dans la nuit du malheur mon oreille craintive,
» Du peuple entend frémir la voix longtems captive
» Et le frein du pouvoir se brise dans mes mains.

» Edouard ! c'est à toi de détourner l'orage ;
» Verrais-tu sans pitié s'écrouler ton ouvrage,
» Et le sort de ton fils ne peut-il t'attendrir ?
» Lève-toi, de ton front que l'éclat nous ranime :
» Lève-toi dans ta gloire, et sauve de l'abîme
» Le vaisseau de l'Etat tout prêt à s'entr'ouvrir. »

Il parlait : et soudain une lumière affreuse
Perce en replis sanglans l'enceinte ténébreuse.
Un sourd gémissement sort du fond du cercueil.
La voûte a prolongé cette voix redoutable,
Et du sein de la terre un spectre épouvantable
Monte plus pâle encore et de honte et de deuil.

» Pourquoi viens-tu troubler le repos de ma cendre,
» Monarque déplorable, et devrais-je t'apprendre
» Quel sort à mes neveux gardent les Dieux vengeurs?
» Sur ses projets hautains malheur à qui se fonde!
» L'orgueil, de nos revers semence trop féconde,
» Ne produit en germant qu'une moisson de pleurs.

» Pleure, triste Albion! déchire ta couronne;
» La victoire te fuit, l'Europe t'abandonne :
» L'infortune sur toi croît et s'élève encor.
» Où sont de mes soldats les descendans timides?
» Soutiendront-ils, cachés par leurs remparts humides,
» De ce peuple héros l'impétueux essor?

» Un guerrier le conduit, dont l'ascendant suprême
» Dompte les flots, les monts, les remparts, le sort même.
» Qui peut de cet Alcide enchaîner la valeur?
» Puisse-tu conjurer sa fureur vengeresse!
» Il terrasse d'orgueil, épargne la faiblesse,
» Et sait dans les vaincus respecter le malheur.

» La foudre est sur ta tête, ô mon fils! crains la guerre;
» Adieu!.... » L'ombre à ces mots s'enfonce sous la terre.
Les murs tremblent, tout fuit par l'effroi dispersé.
L'air siffle; les autans font mugir le rivage,
Et des tours de Windsor, arraché par l'orage,
Le royal étendart tombe au loin renversé.

Destin! par moi la France accepte le présage!...
Mais déjà la trompette appelle le carnage:
Je vois sous nos vaisseaux l'onde s'énorgueillir
Et de leur long sommeil secouant les entraves,
Dans les champs de Poitiers les ossemens des braves
D'espérance et de joie ont paru tressaillir.

C'en est fait; dans les airs Mars pousse un cri terrible.
O spectacle imposant, majestueux, horrible,
Et digne d'attacher les yeux de l'univers!
Deux peuples ennemis couvrent la double plage;
Le rivage à grand bruit insulte le rivage,
Et les mers en grondant marchent contre les mers.

Telles aux beaux climats où le vieux Capitole,
Doit renaître agrandi par les héros d'Arcole,
Aux longs mugissemens des foudres souterrains,
Quel prodige! on a vu deux montagnes brûlantes
S'ébranler, s'approcher dans les plaines tremblantes
Et d'un choc destructeur menacer les humains.

L'Ausonie en frémit, à leurs pieds attentive;
Mais bientôt sous l'effort de la flamme captive
La terre en s'entr'ouvrant a tressailli trois fois:
L'un des deux monts rivaux, entraîné dans l'abîme,
S'écroule.... et le vainqueur de sa superbe cîm
Domine en paix les champs, les vallons et les bois.

Hâtez-vous! commencez l'hymne de la victoire,
O vous, nobles amans des Filles de mémoire;
Oui, de tant de travaux voici le dernier jour :
Sur un nuage d'or mollement descendue
La Paix dans le lointain apparaît à ma vue,
Et l'univers calmé sourit à son retour.

D'un front pur et serein à sa suite s'avance
La sévère Thémis et l'aimable Clémence;
Les arts consolateurs accourent sous ses lois :
Salut, fille des Cieux, qui reparais plus belle !
Que viens-tu révéler au monde qui t'appelle ?
Elle parle : adorons son oracle et sa voix.

» Je me rends à vos vœux, le bonheur va renaître.
» Si vous fûtes vainqueurs soyez dignes de l'être,
» Et n'empoisonnez pas des jours si glorieux :
» Aimez-vous, oubliez vos erreurs mutuelles;
» Il est temps d'étouffer des haines trop cruelles,
» Et la clémence seule égale l'homme aux Dieux. »

M. DAVRIGNY.

ODE

SUR LES DANGERS DE LA PATRIE.

Quel est ce vaisseau dont les voiles
Maîtrisent les vents ennemis?
Sur la foi des mers, des étoiles,
Ses nochers sont-ils endormis?
La fortune enfle son courage;
Il ne soupçonne point l'orage
Qui veille dans les flancs du Nord :
Un zéphir trompeur le rassure,
Et son insensé Palinure
Rêve les délices du port.

Sécurité folle et coupable!
C'est trop suspendre ton réveil.
Les maux d'une guerre implacable,
Sont les crimes de ton sommeil.
France! qu'as-tu fait de ta gloire?
Toi-même as trahi la Victoire
Fidèle à tes nobles drapeaux.

Quand le Nord vomit ses esclaves,
En vain elle cherche tes braves ;
Es-tu veuve de tes héros ?

De la Seine aux rives du Tibre,
Du Vésuve au double Apennin,
Ton peuple belliqueux et libre
Partout enchaînait le destin :
Mars précipitait nos armées,
Comme ces laves enflammées
Qu'Etna lance dans sa fureur :
Partout sur tes vastes frontières,
Devant nos légions altières,
Volaient la foudre et la terreur.

Et les enfans glacés du Pôle
Osent menacer tes remparts !
Et leur féroce espoir t'immole
Loin de tes défenseurs épars !
Et cette paix, vierge céleste,
Que la fière Albion déteste,
Qu'égorge son or assassin ;
Cette douce paix qu'avec gloire
Nous avait conquis la victoire,
Aurait fui pour jamais ton sein !

Pourquoi sur des rives lointaines,
Semblas-tu bannir tes guerriers,
Et pour des palmes incertaines
Perdre d'infaillibles lauriers?
Pourquoi fendre les champs humides?
Que t'importent les Pyramides,
Et des Arts le berceau vanté?
Repousse des hordes sauvages;
Défends, sur tes propres rivages,
Le berceau de la Liberté.

Tandis, hélas! que, trop loin d'elle,
Bonaparte, guidant tes fils,
Dispute au Croissant infidèle
La poussière qui fut Memphis;
Tandis que sa course illustrée
Jusqu'aux bords de l'onde Erythrée,
Fatigue la Nymphe aux cent voix,
Et que le vainqueur italique
Plonge dans les sables d'Afrique
Tes bataillons et ses exploits;

Vois-tu de l'Autriche insolente
Croître les nombreux attentats?

Quelle dérision sanglante
Suit de fallacieux débats!
La faiblesse invite à l'outrage.
La prévoyance et le courage
Eussent maîtrisé les hasards;
Mais Schérer devint ton Alcide,
Et ta Minerve sans égide
Tombe sous de lâches poignards.

Que dis-je? si j'en crois Neptune,
Un Dieu vengeur est dans nos ports;
C'est Bonaparte et sa fortune
Que le Ciel rend à nos transports.
Bysance en deuil aux Néréides
Conte les adieux homicides
Que lui fit son bras triomphant.
S'il put illustrer son absence,
Que ne fera point sa présence
Pour le peuple-roi qu'il défend?

Jouets du crime et loin des armes,
Nous dormions, vainqueurs dédaignés!
Vienne! tes fils paieront nos larmes
Dans tes murs de leur sang baignés.
Némésis trop long-tems sommeille:
France! que ta foudre s'éveille!

Que l'aigle altier soit abattu!
Triomphe, ô ma chère patrie!
Répare ta gloire flétrie,
Et règne encor par la vertu.

LEBRUN.

LE VIEILLARD D'ANCENIS.

ÉLÉGIE

SUR LA MORT DU GÉNÉRAL HOCHE.

O mes fils! partageons les communes douleurs,
Pleurons : Nantes gémit, Angers verse des pleurs ;
Un long crêpe a couvert ces riantes vallées ;
Au bord du fleuve ému nos tribus désolées
Célèbrent un héros qu'enferme le cercueil,
Hoche n'est plus, mes fils, et la France est en deuil.
Il ne brillera plus sur un char de victoire,
L'heureux libérateur des rives de la Loire,
Puissant par la clémence et grand par les bienfaits.
Après avoir su vaincre il sut donner la paix.
Vous connaissez l'ormeau qu'entouraient nos familles,
Quand le dixième jour nos guerriers et nos filles
Par de rustiques jeux fêtaient la Liberté ;
Il comptait trente hivers, mes mains l'avaient planté ;
Des vieillards, des amans son ombre était chérie,
Et son riant feuillage égayait la prairie.
Le fer, n'insultait pas ses rameaux protecteurs,
Ses rameaux, doux abri des timides pasteurs.

Soit quand les eaux du Ciel désaltéraient nos plaines;
Soit quand le chien brûlant tarissait nos fontaines,
Le voyageur qu'afflige un tronc inanimé,
Redemande en pleurant l'ombrage accoutumé.
Mais les flots de la Loire ont semé le ravage :
Il a péri l'ormeau, délices du rivage;
Mes yeux l'ont vu tomber sans force et sans appui :
Hoche, plus jeune encore, est tombé comme lui.
Quels étaient les fléaux qui désolaient ces rives,
Quand il vint rassurer nos familles craintives?
Il parut; son aspect enfanta des guerriers. .
Avant lui, désertant nos rustiques foyers,
Femmes, enfans, vieillards cherchaient au sein des villes
Des jours moins inquiets et des nuits plus tranquilles;
Nos peuplades fuyaient des soldats inhumains.
Nés dans les mêmes champs qu'ont dévastés leurs mains,
Ils vengeaient, disaient-ils, la foi de nos ancêtres.
Hélas! ces malheureux, victimes de leurs prêtres,
De village en village apportant le trépas,
Calomniaient leur Dieu par des assassinats.
Mais ce Dieu les frappa de sa main vengeresse :
Quiberon! lieu célèbre et cher à ma vieillesse,
Tu n'as point oublié les braves d'Ancenis.
J'apprends que de nouveau les vaincus réunis,
Promènent dans les bois leurs drapeaux parricides;
Qu'on a vu sur nos bords des transfuges perfides
Qui, sous un joug impie ardens à se ranger,

Ont mendié partout l'appui de l'étranger :
Que l'Anglais avec eux vient désoler les plaines.
« L'Anglais!... du sang breton coule encor dans mes veines,
» M'écriai-je aussitôt; je joindrai nos soldats ;
» Le fer ne sera point trop pesant pour mon bras.
» L'Anglais!... Partons, mes fils, embrassons votre mère,
» Armez-vous ; donnez-moi le glaive héréditaire,
» Qu'aux champs de Fontenoy ma jeunesse a porté,
» Et que mes derniers coups vengent la liberté ! »
Nous partons, nous quittons votre mère alarmée :
J'offre au jeune héros qui commandait l'armée
Quatre guerriers de plus, le père et les trois fils,
Vos bras, votre courage et mes cheveux blanchis.
Il sourit : « J'y consens, soyez parmi les braves,
« Hommes libres, dit-il, combattez les esclaves. »
Ce jour même nous vit triompher sous ses lois,
Et nous avons de près admiré ses exploits.
Anglais, brigand, rebelle inondaient le rivage;
Mais la patrie enflamme et double le courage.
La gaîté qui préside aux combats des Français
Garantissait d'avance et chantait nos succès :
A ces chants belliqueux les rebelles frissonnent :
L'airain, le fer, les flots, la mort les environnent;
Tout meurt, fuit ou se rend : le rivage est soumis,
Et le vainqueur debout ne voit plus d'ennemis.
Nos mains ont désarmé leurs phalanges tremblantes.
Bientôt ces lieux n'offrent que des roches sanglantes

Des sables infectés et de débris couverts ,
Et des vaisseaux fuyans sur l'asile des mers.
Après ce jour illustre un heureux jour commence.
Défaits par la valeur, vaincus par la clémence,
Les tristes Vendéens à la guerre échappés
Abandonnent les chefs qui les avaient trompés.
Exilé trop long-tems sous sa tente guerrière ,
Le villageois revient habiter sa chaumière.
La paix a ramené les champêtres plaisirs.
Un ami des humains a goûté ces loisirs ;
Des vainqueurs, des vaincus il essuya les larmes;
Partout, dans les hameaux, en déposant les armes,
Les Français réunis embrassaient les genoux
De cet ange de paix descendu parmi nous.
Il nous rendit nos jeux, nos danses bocagères ;
Il chanta le refrain de nos chansons légères.
Ancenis vit encor les fêtes sous l'ormeau ;
La colline entendit les sons du chalumeau;
Et le pasteur, enflant la musette rustique,
Egaya vers le soir le repas domestique.
Tel, quand au sein des nuits les sombres aquilons
Ont de sifflemens sourds attristé les vallons,
Prodiguant à nos fleurs sa caressante haleine,
Le zéphir du matin vient consoler la plaine.
O père infortuné qu'assiègent les regrets !
Un bonheur sans nuage habite ces guérets.
Qu'à nos agriculteurs ta vieillesse sacrée

Offre les doux rayons d'une belle soirée.
Tous ceux que maudissaient, dans nos calamités,
Les champs semés toujours et toujours dévastés,
Les yeux mouillés de pleurs, diront : voilà son père.
Éprouvant par ton fils un destin plus prospère,
Devant tes cheveux blancs, prompts à se rallier,
En foule ils t'offriront le chaume hospitalier :
Du pacificateur là tu verras l'image,
Des heureux qu'il a faits tu recevras l'hommage ;
Tu trouveras partout des soutiens, des amis.
Mais qui peut consoler de la perte d'un fils ?
Ah ! la patrie au moins reconnaissante et juste
Soulage avec respect ton indigence auguste.
De ce fils qui n'est plus le nom te sert d'appui :
La justice du tems a commencé pour lui.
Les siècles à venir sont déjà sa conquête ;
De son deuil triomphal on célèbre la fête :
Moi-même de Paris visitant les remparts,
J'ai vu, mes fils, j'ai vu dans la plaine de Mars
La douleur et les arts qui lui prêtaient des charmes,
Tout hormis le guerrier qui causait tant de larmes.
Ainsi que les héros les sages l'ont vanté ;
Tout le peuple a gémi : les Bardes ont chanté.
Quatre chefs renommés, l'espoir de la patrie,
Portaient du guerrier mort la dépouille chérie,
Magistrats, citoyens, l'œil triste et l'âme en deuil,
De leurs rameaux de chêne ombrageaient son cercueil

Courbé par la douleur et le poids des années,
Son vieux père accusant l'arrêt des destinées,
Laissait tomber ces mots cent fois interrompus :
« Charles, mon pauvre enfant, je ne te verrai plus!
Les rayons du héros entouraient sa famille,
Et le père, et la veuve, et la sœur, et la fille,
Qui, sa branche à la main, tendait vers le tombeau
Ses petits bras couverts des langes du berceau.
Lui-même contemplait cette fête imposante :
Quand tout pleurait, son ombre invincible et présente
Mêlait un chant de gloire aux longs gémissemens,
Et de nos défenseurs recevait les sermens.
Ils ne seront pas vains. L'heure approche où la France
Du vainqueur des Anglais remplira l'espérance.
Quand l'aigle a ralenti son vol audacieux,
Quand la paix triomphante et descendant des Cieux
A la voix des Français vient sourire à la terre,
Debout sur des débris l'orgueilleuse Angleterre,
La menace à la bouche et le glaive à la main,
Réclame encor la guerre et veut du sang humain;
Elle dont le trident, asservissant les ondes,
Usurpa les trésors et les droits des deux mondes.
Rendons aux nations l'héritage des mers;
Entendez, mes enfans, la voix de l'univers :
O vous, des guerriers francs élite magnanime !
Les Alpes sous vos pas ont abaissé leur cime;
Vous franchîtes les monts; vous franchirez les flots.

Des tyrans de la mer punissez les complots :
Ils combattront pour l'or, vous pour une patrie.
　　Si jadis un Français des rives de Neustrie
Descendit dans leur ports précédé par l'effroi,
Vint, combattit, vainquit, fut conquérant et roi ;
Quels rochers, quels remparts deviendront leur asile,
Quand Neptune irrité lancera dans leur île,
D'Arcole et de Lodi les terribles soldats;
Tous ces jeunes héros vieux dans l'art des combats;
La grande nation à vaincre accoutumée,
Et le grand général guidant la GRANDE ARMÉE?

　　　　　　　　　　　　M. J. CHÉNIER.

LA LIBERTÉ DES MERS.

ODE.

Ils ont dit dans leur cœur : Régnons seuls sur les ondes;
Courons d'un pôle à l'autre enchaîner les deux mondes;
Que la force et l'injure établissent nos droits ;
Que par nous asservi, sous une loi commune,
   Le trident de Neptune
Gouverne dans nos mains les peuples et les rois.

Sur nos desseins d'abord jetons un voile sombre;
De nos amis trompés sachons grossir le nombre.
Si le Ciel nous repousse, évoquons les enfers ;
Et pour mieux affermir du pouvoir britannique
   Le sceptre tyrannique,
Employons et l'audace et le bras des pervers.

Ainsi, nouveaux Titans, leur orgueilleux génie,
Aspire sur les mers à rompre l'harmonie
De cet ordre éternel qui régit l'univers :
Ils bravent cette loi, par la sagesse écrite :

» Que le sein d'Amphitrite
» Embrasse et tienne unis tous les peuples divers. »

Souffriras-tu l'injure où leur orgueil se fonde,
O France ! ô ma patrie, en héros si féconde ?
Ne foudroieras-tu pas ces droits persécuteurs,
Et ces mille vaisseaux affamés de conquêtes,
  Comme autant de tempêtes
Promenant sur tes bords leurs malignes fureurs ?

En vain l'humanité s'indigne et se soulève ;
Avec le pauvre même ils ont rompu la trève.
O parjures conseils ! tyrans capricieux !
Du pêcheur indigent la nacelle captive
  Ne revoit plus la rive
Où sa famille en pleurs le redemande aux Dieux.

C'en est trop, renaissez, courages magnanimes !
O Duquesne, ô Forbin ! vos exemples sublimes
Seraient-t-ils donc perdus pour les héros français ?
Mais ils ont pris l'essor, leur gloire est préparée,
  Et les fils de Nérée
Vont des enfans de Mars égaler les succès.

Du Tage à la Néva j'entends gronder l'orage.
Toi seule tu frémis ô moderne Carthage !

Les Rois auront l'appui d'un peuple souverain :
Le monde, à ce traité qui réunit leurs armes,
      Ne conçoit plus d'alarmes;
En pacificateurs ils se donnent la main.

Qu'oppose à cette ligue une altière puissance ?
Elle n'a plus d'amis que Lisbonne et Bysance,
Et sa feinte amitié va creuser leur cercueil!
Peuples infortunés, voulez-vous de ses crimes,
      Déplorables victimes,
Par elles subjugués, expier son orgueil?

O mânes de Pombal, ombre auguste et chérie,
Viens de la tombe encor ranimer ta patrie!
Dis-lui que ses vengeurs forment déjà leurs rangs;
Mais le Tage à ta voix, de ce sceptre insulaire,
      Trop long-tems tributaire,
Repousse avec ses flots ses avares tyrans.

Quoi donc! impatiens d'étendre leurs ravages,
Ils courent menacer le Nil et ses rivages.
De quel aveugle espoir seraient-ils énivrés ?
Pensent-ils que l'Egypte eût oublié l'injure
      D'un ministre parjure,
Et ces affreux poignards au meurtre consacrés?

Non, la terre d'Isis, libre un jour de ses chaînes,
N'ouvrira plus ses ports à leurs flottes hautaines :
J'en jure par Hermès au puissant caducée,
    Par sa gloire offensée,
Qui rejette les vœux d'un peuple usurpateur.

« Tyrans, leur a-t-il dit, d'une voix menaçante,
» Ainsi que vos succès, votre audace croissante
» Veut envahir le monde et tout mettre à ses pieds :
» Quoi! de la Liberté, bienfait de la nature,
    » Vous réglez la mesure,
» Et fermez mon empire aux peuples effrayés!

» Malheureuse Albion, tes coupables ministres,
» Quand mon bras, écartant leurs pavillons sinistres,
» A la France eut rendu ses héros triomphans,
» N'ont-ils pas repoussé d'un dédain fanatique,
    » Le rameau pacifique
» Que le chef d'un grand peuple offrait à tes enfans?

» Hé bien! reçois le prix d'une paix dédaignée;
» Il n'est pas loin le jour où la terre indignée
» Va t'exiler toi même et te fermer ses ports :
» Ainsi d'un long orgueil expiant l'insolence,
    » Ton oisive opulence
» Verra tous les besoins dévorer tes trésors.

» Par des canaux impurs ta fatale industrei,
» Versant ton or au sein de l'Europe flétrie,
» Fit couler par torrens ce fléau des humains.
» Ah! tremble que Plutus, infidèle complice,
       » Pour ton propre supplice,
» N'arme de tes enfans les parricides mains!

» Mais tes nombreux vaisseaux, tes besoins, tes largesse
» Ont du Gange appauvri, dissipé les richesses,
» Et l'or ne coule plus de ton sein épuisé.
» Souviens-toi qu'il ressemble à la vague mobile
       » Qui vient battre ton île,
» Et fuit plus vite encore au rivage opposé.

» Abjure tes erreurs, il en est tems encore;
» Rends un sceptre usurpé que l'univers abhorre:
» Que d'autres par son poids dans l'abîme entraînés!
» De Tyr et de Carthage entends gémir les ombres;
       » A peine leurs décombres
» Sont-ils pour attester leurs beaux jours terminés.

» Vois ces nouveaux Césars qui, de la Germanie,
» Accourant pleins d'honneur, d'audace et de génie
» Vont d'un rapide élan franchir ces flots amers.
» Et bientôt par mon bras guidés vers la Tamise,
       » Sur sa rive soumise
» Entends-tu proclamer la liberté des mers? »

                    M. Lefebvre.

BONAPARTE A TOULON.

BATAILLE DE MARENGO,

SIGNATURE DE LA PAIX.

O jour d'éternelle mémoire,
Embellis-toi de nos lauriers !
Siècles ! vous aurez peine à croire
Le prodige de nos guerriers.
L'ennemi disparu fuit ou boit l'onde noire.
Sous des lauriers que Bacchus a d'attraits !
Enivrons, mes amis, la coupe de la gloire
D'un nectar pétillant et frais.
Buvons, buvons à la Victoire,
Fidèle amante du Français.

Sa gaité, fille du courage,
Par un sourire belliqueux,
Déconcerte la sombre rage
De l'Anglais morne et ténébreux.
Le Français chante encore en volant au carnage :
Sous des lauriers, etc.

2 ᴘ

Liberté ! préside à nos fêtes ,
Jouis de nos brillans exploits.
Les Alpes ont courbé leurs têtes ,
Et n'ont pu défendre les Rois.
L'Eridan conte aux mers nos rapides conquêtes.
Sous des lauriers, etc.

L'Adda , sur ses gouffres avides ,
Offre un pont de foudres armé.
Mars s'étonne ; mais nos Alcides
Franchissent l'obstacle enflammé.
La Victoire a pâli pour ces cœurs intrépides.
Sous des lauriers , etc.

Quelle est cette race lointaine
Qui du pôle a fui les déserts ?
Quoi ! la Neva jusqu'à la Seine
Roulait ses glaçons et des fers !
Tu les a dévorés , foudre républicaine !
Sous des lauriers , etc.

Quel choc ! le sort quatre fois change ;
Partout siffle le plomb mortel.
Au premier rang de sa phalange,
Desaix... Sa tombe est un autel.
Au lieu de le pleurer , Bonaparte le venge.
Sous des lauriers , etc.

Rival de la flamme et d'Éole ,
Le Français triomphe en courant.
Pareil à la foudre qui vole ,
Moreau poursuit l'aigle expirant ,
L'aigle qui s'élançait de Vienne au Capitole !
  Sous des lauriers , etc.

Tout cède au bras d'un peuple libre ;
Les rochers , les torrens , le sort.
Sous ses coups dont frémit le Tibre ,
La Liberté renaît et sort.
La France donne au monde un nouvel équilibre.
  Sous des lauriers , etc.

Tamise ! en tes grottes profondes
Pleure tes coupables trésors !
Qu'à tes fils , horreur des deux mondes ,
La terre ferme tous ses ports !
Qu'ils errent, exilés sur l'abîme des ondes.
  Sous des lauriers , etc.

Rois trompés qu'Albion caresse,
Pâles d'un stérile courroux,
Frémissez de notre allégresse ;
Mais vous , Peuples ! rassurez-vous ;

Partagez du Français la triomphante ivresse.
    Sous des lauriers, etc.

    Sous la main de nos Praxitèles,
    Respirez, marbres de Paros!
    Muses! vos lyres immortelles
    Nous doivent l'hymne des héros.
Il faut de nouveaux chants pour des palmes nouvelles.
    Sous des lauriers que Bacchus a d'attraits!
Enivrons, mes amis, la coupe de la gloire
    D'un nectar pétillant et frais.
    Buvons, buvons à la Victoire;
    La Victoire a conquis la Paix.

                          LEBRUN.

CHANT

DU 1er VENDÉMIAIRE AN IX.

FILLE auguste de la Victoire,
Rome antique! sors des tombeaux.
La France hérite de ta gloire;
Les prodiges de ton histoire
Sont égalés par nos travaux.

Tu renais parmi nous, république guerrière!
Et l'hydre des partis, du sein de la poussière,
Attaque vainement ton empire nouveau.
    Les premiers jours de ta carrière
    Rappellent Hercule au berceau.

Des murs de Romulus la Liberté bannie,
Loin du Tibre avili fuyant la tyrannie,
    S'élance à notre voix;
Et sur les bords heureux que la Seine féconde,
Elle vient rétablir, pour le bonheur du monde,
    Ses autels et ses lois.

En vain mille ennemis de sa grandeur naissante
Liguent, pour l'étouffer, leur fureur impuissante
          Et leurs projets rivaux ;
A ses pas glorieux la Victoire fidèle,
Le front ceint de lauriers, vient s'asseoir avec elle
          Sur leurs sanglans drapeaux.

L'Éridan consterné, le Danube et le Tibre,
Dont les fiers défenseurs bravaient un peuple libre,
          Les ont vus terrassés ;
Et l'avare Albion, qui rêvait des conquêtes,
Dut souvent implorer les fureurs des tempêtes
          Pour ses bords menacés.

Jusqu'aux sources du Nil où, d'une main propice,
Nous ramenions les arts, les lois et la justice,
          Elle a porté le deuil :
Sa haine a soulevé l'Afrique et l'Arabie ;
Et le sang qui rougit les sables de Lybie
          Accuse son orgueil.

Et vous aussi, Français, vous pleurez sur vos armes ;
Vos ennemis vaincus sont vengés par vos larmes
          Et par votre malheur.
Hélas ! Kléber n'est plus ; la patrie éplorée
Le redemande en vain à la terre sacrée
          Qu'affranchit sa valeur.

Magnanime guerrier à qui, sur ce rivage,
Le héros des Français confia l'héritage
      De ses nobles desseins;
Au lieu même où Pompée expira par un crime,
Tu tombes, comme lui, glorieuse victime
      Des plus vils assassins.

O vengeance; ô terreur! ces brigands homicides
Expirent, dévorés par les flammes avides.
      Leur complice frémit!
Et le vent qui parcourt l'ardente Éthiopie,
Porte les tourbillons de leur poussière impie
      Au camp qui les vomit.

O toi, qui d'un regard fixes les destinées,
Grand Dieu! les nations à tes pieds prosternées
      Implorent tes bienfaits :
Trop de sang a coulé; désarme la Victoire,
Et permets aux vainqueurs de couronner la Gloire
      Par les mains de la Paix.

CHOEUR.

    Déesse des arts et des fêtes,
    Aimable Paix, descends des cieux;
    La France aux plus riches conquêtes
    Préfère tes dons précieux.

VIEILLARDS.

Au sein de nos villes calmées,
De nos invincibles armées
Ramène les pas triomphans.

FEMMES.

Rends-nous nos époux et nos frères,
Et sèche.les larmes des mères
Par les baisers de leurs enfans.
Mais quoi! j'entends gémir l'Europe ensanglantée;
L'airain, tonnant au loin sur l'onde épouvantée,
Répond à ses douleurs.
La France présentait le bonheur à la terre;
La jalouse Albion, du démon de la guerre
Évoque les fureurs.

Ah! sur les flots en vain vous fixez la fortune;
Un héros brisera le trident de Neptune,
Insulaires altiers!
Voyez autour de lui, sous ces voûtes sacrées,
Errer de vos vainqueurs les ombres révérées,
Et les mânes guerriers.

Au milieu d'eux paraît Turenne, leur modèle,
Qui voit de ce grand jour la pompe solennelle
Consacrer ses exploits :

Turenne! dont la cendre et la noble mémoire
Appartiennent bien plus au temple de la Gloire
    Qu'à la tombe des Rois.

Allons, braves soutiens de la France outragée,
Soldats républicains ! que l'Europe vengée
    Vous doive son repos :
Jurez-lui que l'Anglais, auteur de ses alarmes,
Sera, loin de ses bords, exilé par vos armes
    Sur l'abîme des flots.

CHŒUR DE GUERRIERS.

Nous le jurons par la mémoire
De nos frères morts sous nos yeux ;
Par ces drapeaux que la Victoire
Suspend à ces murs glorieux.
Oui, l'ennemi qui nous offense,
Verra fermer à sa puissance
Les ports qui lui furent soumis ;
Et, solitaire sur les ondes,
Ne trouvera dans les deux mondes
Que des rivages ennemis.

ESMENARD.

CAMPAGNES DE L'AN XIV.

Tremble dans tes foyers, orgueilleuse Carthage :
Des cendres de l'Asie immolée à ta rage,
Les Dieux, les justes Dieux suscitent un vengeur.
Il va briser ton sceptre et délivrer Neptune ;
Entouré des Gaulois, suivi de sa fortune,
Il part : tu veux en vain conjurer ton malheur.

Tels étaient l'entretien et l'attente du monde :
Mars du haut d'un rocher, dominateur de l'onde,
Des cris de la vengeance épouvantait les airs :
La foudre allait donner le signal des conquêtes.
Nos vaisseaux, protégés du souffle des tempêtes,
En mobiles forêts s'élançaient sur les mers.

Nous partions, quand soudain l'agile Renommée,
« L'Europe est contre vous ; Albion alarmée
» Rejette ses périls sur la tête des Rois. »
Le Héros à regret s'arrache du rivage :
Il commande ; et déjà, brûlantes de courage,
Ses aigles vers le Nord s'envolent à sa voix.

Venez, fiers ennemis, affronter sa colère....
Tout se tait devant nous ; leur couroux délibère
Des combats cependant ils donnaient le signal !
De ces cœurs belliqueux la ruse est l'espérance :
Et couvrant sa frayeur d'un voile de prudence,
Leur chef promet de vaincre, et se croit Annibal.

Nous marchons, et la mort déjà les environne.
Au Nord, vers le Midi, j'entends rugir Bellone,
Nous dit Napoléon : allez, enfans de Mars....
Nous, courons vers le Sud; nous, volons vers le Pôle.
Ainsi les vents captifs déchaînés par Éole,
Sur la terre en grondant fondent de toutes parts.

Chassés par l'aquilon, tels on voit deux nuages,
Où le courroux du ciel amassa les orages,
Entrechoquer leurs fronts au milieu des éclairs.
De leurs flancs déchirés la foudre échappe et gronde
Descend, brûle et ravage ; et, toujours vagabonde,
Ou roule dans les cieux, ou sillonne les airs.

Ainsi des deux côtés une affreuse Euménide,
Du tonnerre enfermé dans le bronze homicide,
Allumait la fureur, et vomissait la mort.
Mais prodigue de sang, avide de carnage,

Le tonnerre lui-même, inutile au courage,
Laisserait trop d'empire au caprice du sort.

Le glaive impatient demande la mêlée;
Il brille : des Français la rage redoublée
Dans les rangs ennemis s'ouvre mille chemins.
Contre ces indomptés où trouver un asile?
Ils ont les pieds, le bras et le couroux d'Achille :
Les vaincus à nos fers tendent leurs faibles mains.

D'où revient ce guerrier dont la gloire a des ailes?
Comme le roi des airs, dont les vives prunelles
Découvrent loin des cieux quelques dignes rivaux,
Fond sur eux, les combat et les enlève aux nues,
Et vainqueur, agitant ses ailes étendues,
Revient, triomphe encor dans vingt combats nouv

Aux ordres fraternels tel ce guerrier s'élance.
La Victoire le suit, la Terreur le devance;
Les Germains devant lui sont de faibles troupeaux :
De nos soldats vainqueurs la foule l'environne;
Et leurs mains sur sa tête, où la gloire rayonne,
En voûte ont élevé des forêts de drapeaux.

Du Tyrol suspendu sur de profonds abîmes,
Voyez-vous nos soldats escalader les cimes;

Ou suivis ou guidés par les fiers Bavarois ,
Voyez-les attachés à l'arbuste, aux racines ,
Gravir ces vieux rochers, ces pendantes ruines ,
Que n'oserait tenter le rapide chamois.

L'abîme est sous leurs pieds, la mort pleut sur leur tête;
Ils montent. L'ennemi qui jurait leur défaite,
Vaincu de leur audace, a ployé l'étendard :
Il veut se rallier; mais rien ne nous arrête ;
De rochers en rochers, de retraite en retraite,
Notre glaive le suit jusqu'au dernier rempart.

Du Rhin à l'Éridan court une chaîne immense ;
Elle s'étend, se rompt, se rattache en silence,
Et saisit les vaincus au moment d'échapper.
Sur leurs flancs, derrière eux, en face est l'épouvante.
A leurs yeux effrayés l'épée étincelante
Semble voler dans l'air toujours prête à frapper.

A ces vastes desseins un seul homme préside.
Le jour, c'est le nuage où leur céleste guide,
Invisible et présent, conduisait les Hébreux ;
La nuit, il est encor la colonne enflammée
Dans l'ombre du désert par Dieu même allumée
Pour éclairer leur route et marcher devant eux.

Le vieux Danube, ouvrant ses ondes paternelles,
Reçoit, sauve ses fils à la gloire infidèles,
Et cache leur terreur sous l'abri d'un rempart.
O Dieux! toute une armée aura donc pris la fuite!
La honte de son chef l'indigne; elle s'irrite,
Rappelle les combats, relève l'étendard.

Du hasard et du nombre, ô triomphes faciles!
Haslach!.... Braves Français, voilà vos Thermopyles.
Ici des légions, et là quelques soldats.
Leur gloire par des fers ne sera point flétrie;
Ils mourront. — Pardonnez enfans de la patrie,
Je vous ai crus trahis par le Dieu des combats.

Rien ne peut étonner cette troupe d'Alcides.
Calmes, présens partout, sous la foudre intrépides,
Leurs corps sont des rochers qui bravent les assauts;
Enfin Léonidas saisit un drapeau, vole,
Enfonce les Germains, les frappe, les immole;
Sous nos glaives vengeurs le sang coule en ruisseaux.

Fuyez, fuyez encor, légions trop timides;
De la mort dans vos rangs allez remplir les vides,
Ou craignez de tomber sous les coups du lion.
Bientôt Napoléon.... A ce nom, l'épouvante

Repousse vers ses murs cette foule tremblante ;
Telle l'omb re Achille effrayait Illion.

L'aiguillon du remords les ramène aux batailles
Impuissante chaleur ! nouvelles funérailles !
Du feu de leur courroux c'est le dernier éclair.
Précipité des cieux, son antique domaine,
Leur aigle consterné loin du soleil se traîne,
Et n'ose regarder l'oiseau de Jupiter.

A l'aspect de la foudre Ulm fait ouvrir ses portes.
O déshonneur ! j'ai vu de nombreuses cohortes
Sortir, avant l'assaut, de ces murs tout entiers !
Mais un cercle est tracé par la main du génie :
Il faut ici du joug subir l'ignominie ;
Ou du sang inutile arroser nos lauriers.

Arrêtons-nous, ô Muse ! admire ce spectacle !
De l'Europe et des Rois le vainqueur et l'oracle
Prélude à son triomphe en ce jour solennel.
Autour de ce héros qu'attend le Capitole ,
Montenotte, Lodi, Castiglione, Arcole,
Brillent avec leurs sœurs d'un éclat immortel.

Deux fleuves à ses pieds roulaient dans les campagnes ;
Nos guerriers, ses enfans couronnaient les montagnes ;

Tous confondaient sur lui leurs avides regards ;
Tous s'écriaient : « Voilà le dieu de la Victoire !
» Nos fronts sont éclairés des rayons de sa gloire;
» Il écarte de nous la mort et les hasards. »

O Français ! suspendez ces transports légitimes.
Ils viennent, vos captifs; que vos cœurs magnanimes
Respectent les vaincus, et plaignent le malheur.
A quelle extrémité les destins t'ont réduite,
Terre d'Arminius! pleure : un nouveau Thersite
Attache à tes drapeaux sa honte et sa terreur.

Des mains de tes soldats il voit tomber les armes !
Notre gloire attestant ses coupables alarmes,
Condamnera son nom à l'immortalité.
Les yeux sont fatigués de compter ces esclaves :
Leurs forces et leur nombre irritaient tous nos braves.
» Quel malheur, disaient-ils, ou quelle indignité !

» La peur a donc glacé leurs mains inanimées ?
» Avec moins de soldats dévorant trois armées
» Jeune encor, l'Italique avait conquis la paix.
» Nous étions moins nombreux quand sa foudre imprév
» Du mont de Jupiter avec nous descendue,
» Vengea, dans un seul jour la gloire et les Français. »

Du voile épais des cieux l'ombre se décolore :
Ils brillent des clartés d'une seconde aurore ,
Et leur robe d'azur reprend sa pureté.
Voilà qu'au même instant de la voûte éthérée ,
Descend d'un vol tranquille une vierge sacrée ,
L'idole des Français , l'auguste Humanité.

Les fêtes de la paix sont ses plus belles fêtes ;
Ses regards attentifs observaient nos conquêtes,
Notre innocente gloire a désarmé son cœur.
Elle vient consacrer une époque nouvelle ;
Et, tenant d'une main sa couronne immortelle ,
Ses transports en ces mots s'adressent au vainqueur.

« Guerrier, quand tu parus sur la scène du monde,
» Mon cœur, je l'avouerai, dans sa douleur profonde
» Craignit un Alexandre , et plaignit l'univers ;
» Mais deux fois descendu de ton char de victoire,
» Tu me montras la Paix, compagne de ta gloire,
» Et du bonheur public tous les canaux rouverts.

» Les Alpes, l'Éridan, le Nil, les Pyramides,
» Soumis , non ravagés par tes exploits rapides,
» De César, d'Alexandre , admiraient le rival :
» Aujourd'hui, dépouillés du sceptre de la guerre,

29

» Ces deux fiers conquérans sous qui tremblait la terre ;
» Descendent des hauteurs où tu n'as plus d'égal.

» Toi seul as mérité de porter ma couronne ;
» La voix du monde entier par mes mains te la donne :
» Ton génie a sauvé des peuples de guerriers.
» Consacre par mon nom le siècle de ta gloire :
» Bienfaiteur des mortels, réunis dans l'histoire
» Les palmes de Minerve à tes brillans lauriers. »

La Déesse, à ces mots, remonte vers les nues.
Ses paroles dans l'air par l'écho répandues,
Excitent dans l'armée un long frémissement.
Sur leurs glaives vainqueurs, par le héros lui-même,
Tous jurent d'imiter cette vertu suprême :
Et les vaincus en pleurs entendent ce serment.

Le bruit t'en a frappé; rappelle ta constance,
Veuve de Sobieski, toi qui, pour ta défense,
N'as pas même son ombre et son noble cercueil !
Tes murs nous sont ouverts et tes palmes sont prêtes ;
Reçois nos légions: garde, garde tes fêtes ;
Un héros les épargne à tes rois dans le deuil.

M. P. F. Tissot.

ODE

SUR LA BATAILLE D'IÉNA.

Aux champs glacés du nord, quel tumulte s'élève ?
Quel Dieu des rois vaincus ose tirer le glaive,
Et d'un cri belliqueux trouble la paix des airs ?
Remontons-nous au siècle où, quittant leurs rivages,
    Les Vandales sauvages
Coururent de l'Afrique inonder les déserts ?

De l'Angleterre encor je reconnais l'ouvrage :
Soulevée à sa voix et vendue à sa rage,
La Prusse tout-à-coup sort de son long sommeil ;
D'une moisson de fers ses guérêts se hérissent,
    Ses légions s'unissent,
Et ses cris de la France appellent le réveil.

Moins prompts que ces guerriers, les noirs essaims de grues,
De leur phalange ailée, obscurcissant les nues,
S'exilent de la Thrace aux premiers aquilons.

Tel le Nil vit sur lui fondre en nuage sombre,
        Ces insectes sans nombre
Qui dévoraient l'espoir de ses riches vallons.

Mais, craignant des Français l'audace impétueuse,
Des fils de Frédéric la cour tumultueuse
De la froide Russie appelle les enfans.
« Venez : si le destin nous réserve la fuite ;
        » Que votre noble élite
» Repousse des Français les drapeaux triomphans.

» Que dis-je? unissons-nous quand la France repose ;
» Les guerriers qu'aujourd'hui son pouvoir nous oppose
» Avant d'être assemblés vont tomber dans nos mains.
» Affaiblis dès long-tems de leurs succès funestes,
        » Ils n'offrent que des restes
» Moissonnés à demi par le fer des Germains. »

D'Alexandre, à ces mots, la valeur imprudente,
Oubliant d'Austerlitz la défaite sanglante,
Rassemble à flots pressés ses bataillons guerriers ;
Il ranime l'ardeur de ce peuple barbare,
        Et l'espoir qui l'égare
Croit au front du vainqueur arracher ses lauriers.

Napoléon le voit et vole à son armée ;
Plus prompt que la Russie et que la Renommée,

Vers la Prusse étonnée il porte les combats.
Un roi seul contre lui dans Iéna s'élance,
      Et l'Europe en silence
Tourne un œil incertain sur leurs sanglans débats.

Le jour brillait à peine : à leur ardeur guerrière
Un brouillard ténébreux dérobe la lumière.
Nos héros ont frémi de perdre leurs exploits ;
Mais enfin de la nuit qui retient leur courage,
      Le soleil les dégage ,
Tout s'ébranle, tout part et s'élance à la fois.

Muse ! peins les horreurs que ce combat rassemble ;
Ces guerriers corps à corps se mesurant ensemble,
Ces mobiles remparts croulant sous notre effort ;
Peins la grêle de feu, les flèches enflammées
      Que sur les deux armées
Le bronze des deux camps vomit avec la mort.

Tel, quand deux vents fougueux et d'Afrique et de Thrace
Déchaînent la tempête et luttent dans l'espace,
L'air retentit du choc des tonnerres rivaux.
Le soleil, sans rayons, fuit sous un voile sombre ;
      La mer mugit dans l'ombre,
Et Neptune effrayé craint un second chaos.

Parmi ceux qu'a frappés la grêle meurtrière,
Ruchel et Mœllendorf, couchés dans la poussière,
Perdent avec leur sang l'espoir d'un vain succès :
L'un, parmi les mourans, sur ses armes expire;
  L'autre à peine respire,
Et tend ses bras vaincus aux chaînes des Français.

Brunswick combat en vain; les éclats de l'orage
De ses yeux tout sanglans lui ravissent l'usage ;
Il tombe en rappelant ses bataillons épars,
Sur le sol paternel qui vit naître sa gloire ;
  Il tombe, et la Victoire
Fuit avec la lumière à ses derniers regards.

O Ferdinand ! ta mort, fatale à ton armée,
D'un Français inconnu fera la renommée.
Du trépas ou des fers il t'a donné le choix :
Ta main l'ose frapper ; tu meurs. Le noir abîme
  Engloutit sa victime,
Et le fer d'un soldat se teint du sang des rois.

Long-tems chaque parti combat sans avantage;
Long-tems des deux côtés Mars assouvit sa rage ;
Par lui chefs et soldats à la mort sont offerts,
 Et l'affreuse Alecton, échappée au Tartare,
  Avec un ris barbare,
Ouvre aux deux camps rivaux les portes de l'Enfer.

L'un , conservant sa gloire en voyant fuir sa vie,
Sur son front qu'au laurier le noir cyprès envie,
D'un drapeau tout sanglant roule les vains débris.
Un autre ose arracher à des mains frémissantes
  Les foudres mugissantes,
 Et du glaive vainqueur le tonnerre est le prix.

Où court Napoléon? au fort de la tempête.
Est-il parmi les siens? brille-t-il à leur tête?
Partout de ses guerriers il dirige les pas;
Le voyez-vous réglant leur fureur indomptable,
  D'un front inaltérable
Étendre ou resserrer la scène des combats?

Tel un mont sourcilleux qui domine les ondes ,
Affermi pas sa base au sein des mers profondes,
Repousse des autans le vol séditieux;
Mais, tandis qu'à ses pieds expirent les orages ,
  Sur son front sans nuages
S'unissent à l'envi tous les rayons des cieux.

Déjà nos ennemis cèdent et se replient.
En vain leur jeune roi, dont les cris les rallient,
S'élance sur nos dards prêts à le déchirer.
Tel cet insecte ailé que la nuit sombre enfante,
  Dans sa course imprudente
Va chercher le flambeau qui doit le dévorer.

Vainement contre nous leur nombre et leur courage
Tentent de Koésen le funeste passage ;
Davoust soutient leur choc dans ce poste éclatant ;
Il épuise contre eux les hasards de Bellone,
    Repousse leur colonne,
Et son bras indompté triomphe en résistant.

Enfin l'arrêt du sort décide leur querelle ;
La Victoire elle-même a couvert de son aile
Nos fidèles héros dont elle fut l'appui :
Les légions du nord, à sa voix renversées,
    Devant nous sont chassées,
Comme aux feux du matin les nuages ont fui.

Mais quel Dieu veut encore ensanglanter leur fuite ?
C'est Murat qui s'élance, et sa brillante élite
Achève leur ruine en volant sur ses pas ;
Leur retraite impuissante est un vaste carnage,
    Et des larmes de rage
S'échappent de leurs yeux que ferme le trépas.

Phalanges de Rosback que trahit la Victoire,
N'accusez plus des lieux témoins de notre gloire !
Notre sang de vos fils a marqué le chemin ;
A vos mânes vengés, offerts en hécatombe,
    Ces cadavres sans tombe
Des vautours d'Iéna vont assouvir la faim.

Vous qu'illustra jadis ce succès mémorable ,
Cessez de nous vanter un laurier périssable ;
Couvert de votre sang , il est flétri pour vous.
Tournez les yeux ; partout votre armée est vaincue,
    Et votre aigle éperdue
N'a déployé son vol que pour fuir devant nous.

Suivez vos légions que la tombe dévore :
Leur essaim conjuré parut avec l'aurore ;
Avec l'ombre du soir le trépas les atteint.
C'en est fait ! et des nuits l'étoile avant-courrière
    Voit devant sa lumière
Un empire qui tombe et le jour qui s'éteint.

              ● DORANGE.

ENTRÉE

DES FRANÇAIS DANS ROME.

Air : *Le Chant du Départ.*

La Victoire, en chantant, sur les remparts de Rome,
    Conduit de nouveau les Gaulois ;
Mais son glaive, aujourd'hui, vengeur des droits de l'hom
    N'a plus soif que du sang des rois.
    Ils vont relever les décombres,
    De ton Capitole écroulé,
    Et venger, eux-mêmes, les ombres
    Du Sénat qu'ils ont immolé.

    Rome, la Liberté t'appelle,
    Romps tes fers, ose t'affranchir;
    Un Romain doit vivre pour elle,
    Pour elle un Romain doit mourir.

La balance à la main, Brennus encor s'avance,
    Non plus pour peser ta rançon ;
Ton peuple et tes tyrans seront, dans la balance,
    Pesés au poids de la Raison.

Si le poids des tyrans s'élève,
Si le peuple pèse le plus,
Brennus y posera son glaive,
Et malheur, malheur aux vaincus!...

Rome, la Liberté t'appelle, etc.

Ton Camille est tombé, Reine de l'Italie!
    Qui le vengera de nouveau?
Là, Rome a végété sur son urne avilie,
    Et l'herbe a cru sur son tombeau.
    J'ai vu tout ton peuple crédule,
    Souffrir qu'un pontife imposteur
    Usurpât la chaire curule,
    D'où tonnait son fier dictateur.

Rome, la Liberté t'appelle, etc.

Eh quoi! tu dors encor sous le fardeau des chaînes,
    Romain, qui régnas sur les rois!
Quoi! Rome est asservie, et les Aigles romaines
    Rampent sous l'Arbre de la Croix!
    Eveillez-vous, illustres mânes,
    Sortez du sein des monumens;
    Dispersez ces prêtres profanes;
    Ils ont abruti vos enfans.

Rome, la Liberté t'appelle, etc.

Romain, lève les yeux. Là, fut ton Capitole ;
    Ce pont, est le pont de Coclès ;
Ces charbons sont couverts des cendres de Scévole ;
    Lucrèce dort sous ces cyprès.
    Là, Brutus immola sa race,
    Là, fut englouti Curtius,
    Et César, à cette autre place,
    Fut poignardé par Cassius.

    Rome, la liberté t'appelle, etc.

Peuple esclave, entends-tu les chants d'un peuple libre
    Sors enfin des bras du sommeil.
As-tu vu ces drapeaux flottans aux bords du Tibre?
    Voici le moment du réveil.
    Hâte-toi, brise tes entraves,
    Et que, du creux de ses volcans,
    L'Etna vomisse au loin ses laves,
    Pour embràser tous les tyrans.

    Rome, la Liberté t'appelle,
    Romps tes fers, ose t'affranchir ;
    Un Romain doit vivre pour elle,
    Pour elle, un Romain doit mourir.

Cette chanson fut chantée par l'armée républicaine, lors de son entrée dans Rome, et elle a été composée, dit-on, par un capitaine qui faisait partie de cette armée.

LA VEILLE D'AUSTERLITZ.

La veille de cette victoire,
Dont parlera long-tems l'Histoire,
Au bivouac le grand homme assis
Sentant, sous de nobles soucis,
Plier son front plein de la France,
Rêvait à sa toute-puissance !...
La garde... et ses vieux généraux,
Formant un rempart de héros
Autour du vaillant capitaine,
Debout veillaient sur son repos !
Et sur sa tête souveraine
Planait l'aigle de leurs drapeaux !

Las de combats, las de conquêtes,
L'Empereur dort !... tambours, trompettes
Se sont tus... Même, à ce grand nom,
Sur son affût dort le canon !
Dans les rangs, où la nuit s'avance,
On parle plus bas de la France...

L'Empereur dort!... ses maréchaux,
Formant un rempart de héros
Autour du vaillant capitaine,
Debout contemplaient son repos!
Et sur sa tête souveraine
Planait l'aigle des vieux drapeaux!

Dans son rêve il vit, dit l'Histoire,
Le champ d'Austerlitz... et la Gloire,
L'appelant César... à ses pieds
Humilier deux rois altiers!
Soudain il s'éveille et s'élance
A cheval... s'écriant : « La France,
Sur vous, soldats, sur vos travaux,
Fonde ses destins les plus beaux !
Ils sont à nous !... là, dans la plaine...
Car déjà, dorant les coteaux,
Le soleil éclaire l'arène
Où la Gloire attend nos drapeaux ! »

DIUS ANTONY RÉNAL.

MESSÉNIENNE.

SUR

LA BATAILLE DE WATERLOO.

Ils ne sont plus, laissez en paix leur cendre :
Par d'injustes clameurs ces braves outragés
A se justifier n'ont pas voulu descendre ;
    Mais un seul jour les a vengés ;
    Ils sont tous morts pour vous défendre.

Malheur à vous si vos yeux inhumains
    N'ont point de pleurs pour la patrie!
    Sans force contre vos chagrins,
Tremblez; la mort peut-être étend sur vous ses mains.
Que dis-je? quel Français n'a répandu des larmes
    Sur nos défenseurs expirans?
Près de revoir les rois qu'il regretta vingt ans,
Quel vieillard n'a gémi du malheur de nos armes?

En pleurant ces guerriers par le destin trahis,
Quel vieillard n'a senti s'éveiller dans son ame,
Quelque reste assoupi de cette antique flamme
    Qui l'embrâsait pour son pays?

Que de leçons, grand Dieu! que d'horribles images
L'histoire d'un seul jour présente aux yeux des rois!
Clio, sans que la plume échappe de ses doigts,
    Pourra-t-elle en tracer les pages?

Cachez-moi ces soldats sous le nombre accablés,
Domptés par la fatigue, écrasés par la foudre,
Ces membres palpitans dispersés sur la poudre,
    Ces cadavres amoncelés!
Eloignez de mes yeux ce monument funeste
    De la fureur des nations:
    O Mort! épargne ce qui reste.
    Varus! rends-nous nos légions!

    Les coursiers frappés d'épouvante,
    Les chefs et les soldats épars,
    Nos aigles et nos étendards
    Souillés d'une fange sanglante,
    Insultés par les léopards,
    Les blessés mourant sur les chars,
Tout se presse sans ordre, et la foule incertaine

Qui se tourmente en vains efforts,
S'agite, se heurte, se traîne,
Et laisse après soi dans la plaine,
Du sang, des débris et des morts.

Parmi des tourbillons de flamme et de fumée,
O douleur! quel spectacle à mes yeux vient s'offrir?
Le bataillon sacré, seul devant une armée,
S'arrête pour mourir.
C'est en vain que, surpris d'une vertu si rare,
Les vainqueurs dans leurs mains retiennent le trépas;
Fier de le conquérir, il y court, s'en empare:
LA GARDE, avait-il dit, MEURT ET NE SE REND PAS.

On dit qu'en les voyant couchés sur la poussière,
D'un respect douloureux frappé par tant d'exploits
L'ennemi, l'œil fixé sur leur face guerrière,
Les regarda sans peur pour la première fois.

Les voilà ces héros si long-tems invincibles !
Ils menacent encor les vainqueurs étonnés !
Glacés par le trépas, que leurs yeux sont terribles !
Que de hauts faits écrits sur leurs fronts sillonnés !
Ils ont bravé les feux du soleil d'Italie,
De la Castille ils ont franchi les monts ;
Et le Nord les a vus marcher sur les glaçons
Dont l'éternel rempart protège la Russie.

25

Ils avaient tout dompté..... Le destin des combats
    Leur devait, après tant de gloire,
Ce qu'aux Français naguère il ne refusait pas :
Le bonheur de mourir dans un jour de victoire.

Ah! ne les pleurons pas! Sur leurs fronts triomphans
La palme de l'honneur n'a pas été flétrie;
Pleurons sur nous, Français, pleurons sur la patrie;
L'orgueil et l'intérêt divisent ses enfans.
Quel siècle en trahisons fut jamais plus fertile?
L'amour du bien commun de tous les cœurs s'exile;
La timide amitié n'a plus d'épanchemens;
On s'évite, on se craint, la foi n'a plus d'asile,
Et s'enfuit d'épouvante au bruit de nos sermens.

O vertige fatal! déplorables querelles
Qui livrent nos foyers au fer de l'étranger!
Le glaive étincelant dans nos mains infidèles
Ensanglante le sein qu'il devrait protéger.

L'ennemi cependant renverse les murailles
    De nos forts et de nos cités;
La foudre tonne encore, au mépris des traités.
    L'incendie et les funérailles

Epouvantent encor nos hameaux dévastés.
D'avides proconsuls dévorent nos provinces;

Et, sous l'écharpe blanche, ou sous les trois couleurs
Les Français, disputant pour le choix de leurs princes,
Détrônent des drapeaux et proscrivent des fleurs.

　　Des soldats de la Germanie
　　 J'ai vu les coursiers vagabonds
Dans nos jardins pompeux errer sur les gazons,
Parmi ces demi-dieux qu'enfanta le génie.
J'ai vu des bataillons, des tentes et des chars,
Et l'appareil d'un camp dans le temple des arts.
Faut-il, muets témoins, dévorer tant d'outrages?
Faut-il que le Français, l'olivier dans la main,
Reste insensible et froid comme ces Dieux d'airain
　　Dont ils insultent les images?

Nous devons tous nos maux à ces divisions
　　Que nourrit notre intolérance.
Il est tems d'immoler au bonheur de la France
Cet orgueil ombrageux de nos opinions.
Etouffons le flambeau des guerres intestines.
Soldats, le ciel prononce, il relève les lis :
Adoptez les couleurs du héros de Bovines,
En donnant une larme aux drapeaux d'Austerlitz.

France, réveille-toi! qu'un courroux unanime
Enfante des guerriers autour du souverain !

Divisés, désarmés, le vainqueur nous opprime;
Présentons-lui la paix, les armes à la main.

Et vous, peuples si fiers du trépas de nos braves,
    Vous, les témoins de notre deuil,
    Ne croyez pas, dans votre orgueil
Que, pour être vaincus, les Français soient esclaves.
Gardez-vous d'irriter nos vengeurs à venir :
Peut-être que le Ciel, lassé de nous punir,
    Seconderait notre courage ;
    Et qu'un autre Germanicus
Irait demander compte aux Germains d'un autre âge
    De la défaite de Varus.

                            M. CASIMIR DELAVIGNE.

LA POLOGNE EN FRANCE.

———

Nobles débris d'un peuple de héros
Qu'avec orgueil dans ses rangs vit la France,
A nos foyers, loin du fer des bourreaux,
Venez, venez, renaître à l'espérance!
Aux Polonais, gloire, hospitalité,
Gloire aux martyrs! honte à la tyrannie!
Car tes enfans, divine Liberté,
Seront toujours de la même patrie!

Vous souvient-il des glorieux combats
Où votre sang coulait avec le nôtre?
Un seul drapeau guidait alors nos pas,
Et notre gloire était aussi la vôtre!
Dans son essor l'aigle fut arrêté;
Votre aigle aussi vit son aile flétrie!
Mais tes enfans, divine Liberté,
Étaient toujours de la même patrie!

CHOEUR.

Aux Polonais, gloire, hospitalité :
Gloire au malheur, honte à la tyrannie !
Tes nobles fils, divine Liberté,
Seront toujours de la même patrie !

Mais en trois jours, lorsque brisant ses fers,
La France libre eût relevé sa tête,
Ses cris de gloire éveillant l'univers,
A vaincre aussi la Pologne fut prête !
Sur son appui quand vous aviez compté,
De loin la France a vu votre agonie;
Ah ! plaignez-nous, fils de la Liberté
De n'avoir pu venger votre patrie !

CHOEUR.

Aux Polonais, gloire, hospitalité,
Gloire aux martyrs, honte à la tyrannie !
Pour tes enfans, divine liberté,
Pour eux la France est encor la patrie !

LE VOYAGE DE LA LIBERTÉ.

1851.

La Liberté disait, en voyant nos malheurs :
    « Le soleil brille après l'orage!
» Un jour, nobles enfans, je sécherai vos pleurs ;
    » Vous sortirez de l'esclavage!
» Souffrez encor les maux que vous avez soufferts,
» Et bientôt des lauriers remplaceront vos fers. »

La Liberté disait : « Je cours vers d'autres lieux
    » Secourir un noble courage :
» France, pour te revoir je te fais mes adieux ;
    » Nos adieux sont un beau présage !
» Toujours les doux printems suivent les longs hivers :
» Espère! des lauriers remplaceront tes fers. »

Soudain elle s'éloigne : aux champs de Marathon,
    Sur les bords étonnés du Tage,

Loin des mers, sur le sol qu'affranchit Washington,
    Partout on fête son passage !
Elle vient ! levez-vous , peuples de l'univers !
Et bientôt des lauriers remplaceront vos fers !

La Déesse revient , et, planant dans les airs ,
    Couverte d'un sombre nuage,
Elle aperçut la France et ses tyrans pervers,
    Joyeux , l'immolant à leur rage !
« De beaux jours, cria-t-elle, enfans, vous sont offerts !
» Courage ! des lauriers remplaceront vos fers ! »

Tout Français est soldat pour recouvrer ses droits;
    Du passé l'image l'enflamme,
Torrent, le peuple entraîne une digue de rois ;
    Vainqueur , il écoute une femme
Qui répète : « Tyrans, fuyez, de sang couverts !
» Peuple , prends ces lauriers ! qu'ils remplacent tes fer

C'était la Liberté qui , remontant aux cieux ,
    Faisait entendre ce langage ;
Elle fuyait la France ! Astre au front radieux ,
    Elle poursuivit son voyage.
Sa main sur tous les rois fit briller ses éclairs ;
Mais les rois imprudens rivaient de nouveaux fers.

Dius Antony Renal.

UN VÉTÉRAN

AU DRAPEAU NATIONAL.

Entendez-vous ces hymnes de victoire,
Entendez-vous ces chants de liberté,
Ces airs guerriers, ces vieux refrains de gloire
  Que tout un peuple entonne avec fierté?
  J'ai reconnnu l'hymne de la patrie;
  Je le chantais en quittant mon hameau!
  Ah! sans regret je veux quitter la vie;
  Je peux mourir, j'ai revu mon drapeau!
  Ah! sans regret je veux quitter la vie,
  Je peux mourir, j'ai revu mon drapeau!

  Oui j'ai revu cette antique bannière
  Que tant de fois je suivis au combat;
  Je l'ai revue, et, dans sa vie entière,
  Quel jour vaudrait ce jour pour un soldat?
  Des lois enfin le règne recommence;
  De mon pays que le destin est beau!

Vieux défenseur de son indépendance,
Je peux mourir, j'ai revu mon drapeau.

Sous des couleurs que la gloire protège
Des jours heureux brillent dans l'avenir!
Plus de tyrans! Leur funeste cortège
Fuit ces couleurs qu'on ne peut nous ravir!
Au monde entier la France grande et fière,
Fait admirer son triomphe nouveau!
La France encor devient libre et guerrière,
Je peux mourir, j'ai revu mon drapeau!

Des flots de sang, le trépas de nos frères,
Ont aux Français reconquis tous leurs droits!
A nos lauriers des palmes funéraires
Vont se mêler pour instruire les rois!
Nobles enfans que pleure la patrie,
La liberté sort de votre tombeau!
Oui, sans regret je veux quitter la vie;
Je peux mourir, j'ai revu mon drapeau!

ODE

A LA GRANDE ARMÉE.

« Suspends ici ton vol; d'où viens-tu, Renommée?
» Qu'annoncent tes cent voix à l'Europe alarmée?
» — Guerre ! — Et quels ennemis veulent être vaincus ?
» Allemands, Suédois, Russes, lèvent la lance,
　　» Ils menacent la France.
» —Reprends ton vol, Déesse, et dis qu'ils ne sont plus. »

Le héros parle; il s'arme, et ses bandes guerrières,
Des bords de l'Océan ramenant leurs bannières,
Transplantent leurs combats sur le Rhin consterné
Impatient d'atteindre au parjure rivage,
　　Leur avide courage
Demande le signal : le signal est donné.

On part : les bataillons dans les champs se déploient.
Nos clameurs, que les vents aux ennemis renvoient,

Présagent leur défaite, annoncent nos succès.
Le Rhin, vaincu dix fois, dans ses grottes profondes,
    Tremble encor pour ses ondes ;
Il tremble, et l'autre bord a reçu les Français.

Imprudens ennemis, quelle est votre espérance ?
Osez-vous résister aux destins de la France ?
Oseztvous rappeler la guerre sur vos bords ?
Eh ! ne voyez-vous pas que sur vous l'Angleterre
    Détourne le tonnerre
Qui menaçait déjà de dévorer ses ports ?

Tandis que des combats tranquille spectatrice ,
Albion s'applaudit de l'heureux artifice
Qui va du monde encore ensanglanter la paix ,
Je la vois par son or calculer ses victimes.
    Servirez-vous ses crimes ,
O Rois ! lui vendrez-vous le sang de vos sujets ?

Abjurez ses traités , son amitié traîtresse.
Cet adroit ennemi ne hait ou ne caresse
Que selon qu'il importe à son ambition ;
Ainsi que des Romains l'austère république
    Craignait la foi punique ,
Peuples , défiez-vous de la foi d'Albion.

C'est le mancenillier , cet arbre au noir feuillage ,
Qui recèle la mort sous son perfide ombrage.

Le voyageur s'y fie, il y porte ses pas.
Malheureux, que fais-tu? fuis cet arbre infidèle
      Sous son ombre mortelle,
L'imprudent qui s'endort ne se réveille pas.

C'est ainsi qu'Albion, en trahisons féconde,
Applique son génie aux désastres du monde ;
Ainsi, des nations foulant aux pieds les lois,
Deux fois elle attaqua le bonheur de la France ;
      Son unique espérance,
Son héros vit l'enfer le menacer deux fois.

Mais la foudre craintive, au fort de la tempête,
Respecta les lauriers qui défendaient sa tête.
Sous un si noble abri le héros fut sauvé ;
Ou plutôt le grand Dieu, qui dans les cieux réside,
      Couvrit de son égide
Ce front qu'au diadème il avait réservé.

C'est peu d'avoir forgé des maux à ma patrie ;
Elle a contre vous-même exercé sa furie.
Jeune Alexandre, arrête : où courent ces soldats ?
Peut-être le poignard qu'une main insulaire
      Aiguisa pour ton père,
Sur ta tête levé médite ton trépas.

Et qu'a dit Albion? « Je suis reine de l'onde ;
» Mais ce n'est point assez, je veux l'être du monde.

» Si les rois révoltés méconnaissent mes droits,
» Lançons-leur ma colère, et, fondant ma fortune
    » Sur leur chute commune,
» Je leverai mon front dominateur des rois.' »

Unissons-nous plutôt, et chassons de la terre
L'artisan ténébreux d'une éternelle guerre ;
Arrachons ce vautour au cœur du continent :
Détruisons Albion , loin d'être ses victimes ,
    Qu'elle perde ses crimes,
Et que la paix du monde en soit le châtiment !

Ils ne m'écoutent pas, les insensés ! Aux armes !
Disent–ils. Que ce mot va vous coûter de larmes !
Que de sang répandu , de familles en deuil !
Pleurez, pleurez, Germains, vos campagnes fertiles
    Et vos superbes villes
Qui ne seront bientôt qu'un immense cerceuil.

J'entends déjà, j'entends l'organe de la Gloire,
L'airain qui dans nos murs proclame la victoire.
Déjà toutes les voix racontent des succès.
Trente étendards conquis, une phalange entière
    Vaincue et prisonnière ;
C'est ainsi qu'aux combats préludent les Français.

Mais que dis-je ? pareils aux feuilles dispersées
Qu'un vent impétueux a devant lui chassées ,

Je vois devant nos pas les Germains fugitifs ;
Ils n'osent affronter de leurs aigles tremblantes
  Nos aigles triomphantes,
Et tombent à nos pieds expirans ou captifs.

Memmingen dans ses murs a reçu nos cohortes ;
Ulm à Napoléon ouvre déjà ses portes ;
Tout cède, et Ferdinand, désertant les combats,
Fidèle messager, court dans Vienne alarmée
  Annoncer notre armée,
Et laisse entre nos mains drapeaux, chefs et soldats.

Que nous veulent ce Czar et ses hordes sauvages,
Que du Nord conjuré vomissent les rivages ?
L'Europe, disent-ils, les verra triomphans :
Ils ont donc oublié qu'aux plaines d'Italie
  Leur gloire ensevelie
De cent mille des leurs a vu les ossemens !

Où sont-ils ces Titans, ces enfans de la Terre,
Qui prétendent aux Dieux disputer le tonnerre ?
Ivres d'un fol espoir, ils défiaient les cieux.
Jupiter s'est armé ; sur eux tombe la foudre ;
  Ils sont réduits en poudre
Et leur orgueil détruit sert de risée aux Dieux.

Ainsi vont succomber sous nos mains foudroyantes
De nos fiers ennemis les ligues impuissantes.

Gloire à Napoléon, à ses lauriers nouveaux !
Gloire au siècle fameux qui sous son nom commence !
    Gloire, gloire à la France,
Qui sur son vieux pavois éleva ce héros.

Braves des tems passés, grands hommes dont l'histoire
Apporta jusqu'à nous l'éclatante mémoire,
Intrépide Annibal, modeste Scipion,
Heureux César, et vous, demi-dieux de la Seine,
    Condé, Villars, Turenne,
Vous disparaissez tous devant Napoléon.

Comme on voit au matin les brillantes étoiles,
Dont la nuit s'honorait de parsemer ses voiles,
Fuir devant le soleil qui, d'un pas de géant,
S'avance : il remplit l'air de sa splendeur féconde,
    Il s'empare du monde
Et, dans l'immensité, seul marche en conquérant.

                  M. Pierre Lebrun.

LA VARSOVIENNE.

LA VARSOVIENNE.

Il s'est levé, voici le jour sanglant!
Qu'il soit pour nous le jour de délivrance.
Dans son essor, voyez notre aigle blanc
Les yeux fixés sur l'arc-en-ciel de France.
Au soleil de Juillet, dont l'éclat fut si beau,
Il a repris son vol, il fend les airs, il crie :
    Pour ma noble patrie,
Liberté, ton soleil ou la nuit du tombeau !
    Polonais, à la baïonnette !
    C'est le cri par nous adopté :
    Qu'en roulant le tambour répète :
    A la baïonnette !
    Vive la Liberté !

« Guerre! A cheval, Cosaques des déserts !
Sabrons, dit-il, la Pologne rebelle.
Point de Balkans! Ses champs nous sont ouverts;
C'est au galop qu'il faut passer sur elle. »

24.

Halte ! n'avancez pas : ces Balkans sont nos corps ;
La terre où nous marchons ne porte que des braves,
          Rejette les esclaves,
Et de ses ennemis ne garde que les morts.

          Polonais , etc.

          Pour toi, Pologne, ils combattront tes fils,
          Plus fortunés qu'aux tems où la Victoire
          Mêlait leur cendre aux sables de Memphis,
          Où le Kremlin s'écroula sous leur gloire.
Des Alpes au Thabor, de l'Ebre au Pont-Euxin,
Ils sont tombés vingt ans sur la rive étrangère ;
          Cette fois , ô ma mère!
Ceux qui mourront pour toi dormiront sur ton sein.

          Polonais , etc.

          Viens, Kosciuszko, que ton bras frappe au cœur
          Cet ennemi qui parle de clémence :
          En avait-il quand son sabre vainqueur
          Noyait Praga dans un massacre immense?
Tout son sang va payer le sang qu'il prodigua :
Cette terre en a soif, qu'elle en soit arrosée !
          Faisons, sous sa rosée,
Reverdir le laurier des martyrs de Praga.

          Polonais , etc.

Allons, guerriers, un généreux effort !
Nous les vaincrons, nos femmes les défient ;
O mon pays, montre au géant du Nord
Le saint anneau qu'elles te sacrifient.
Que par notre victoire il soit ensanglanté !
Marche, et fais triompher au milieu des batailles,
　　　L'anneau des fiançailles
Qui t'unit pour toujours avec la Liberté.

　　　Polonais, etc.

A nous, Français ! les balles d'Iéna
Sur ma poitrine ont inscrit mes services ;
A Marengo, le fer la sillonna ;
De Champaubert comptez les cicatrices.
Vaincre ou mourir ensemble autrefois fut si doux :
Nous étions sous Paris ; pour de vieux frères d'armes
　　　N'aurez-vous que des larmes ?
Frères, c'était du sang que nous versions pour vous !

　　　Polonais, etc.

O vous du moins dont le sang glorieux
S'est dans l'exil répandu comme l'onde,
Pour nous bénir, mânes victorieux,
Relevez-vous de tous les points du monde.

Qu'il soit vainqueur, ce peuple, ou martyr comme vous.
Sous le bras du géant qu'en mourant il retarde,
     Qu'il tombe à l'avant-garde,
Pour couvrir de son corps la liberté de tous !

     Polonais, etc.

     Sonnez, clairons ! Polonais à ton rang !
     Suis sous le feu ton aigle qui s'élance.
     La Liberté bat la charge en courant,
     Et la victoire est au bout de ta lance.
Victoire à l'étendard que l'exil ombragea
Des lauriers d'Austerlitz, des palmes d'Idumée.
     Pologne bien-aimée,
Qui vivra sera libre et qui meurt l'est déjà.
     Polonais, à la baïonnette !
     C'est le cri par nous adopté ;
     Qu'en roulant le tambour répète :
     A la baïonnette !
     Vive la Liberté !

                    CASIMIR DELAVIGNE.

                    FIN.

TABLE.

Les Rois. (LEBRUN.)   1

Fragment sur Charles IX. (LEBRUN.)   9

Les Philosophes. (XIMÉNEZ.)   11

La prise de la Bastille.   13

Peuple, éveille-toi.   18

Dithyrambe sur l'Assemblée nationale. (CHÉNIER.)   20

Vers insérés dans l'almanach des Muses en 1791 .(LEBRUN)   27

Tableau patriotique. (le COUSIN JACQUES.)   29

Hymne pour la fête de la Révolution. (CHÉNIER.)   31

Récit des Travaux faits au Champ-de-Mars.   37

Les nouveaux apôtres aristocrates.   39

Vers sur le refus d'inhumer le corps de Voltaire.(BOUCHER) 42

Sur la translation de Voltaire. (CHÉNIER.)   44

Ode sur la Mort de Mirabeau. (J. CHÉNIER.)   48

Alsa. (J. CHÉNIER.)   54

Aux Émigrés. (W. DE LILLEFERMÉ.)   56

Dithyrambe pour la Fédération de 1792. (J. CHÉNIER.) 59

L'Autel de la Patrie. (DESFORGES.)   61

Du Despotisme. (LEBRUN.)   65

Hymne à l'Égalité. (J. CHÉNIER.)   67

	Pages.
Le salut de la France, hymne à la Liberté.	70
Hymne à la Liberté. (LA HARPE.)	72
Ode sur la Guerre de la Liberté. (CHÉNIER.)	80
Chanson. (DUGAZON.)	83
Le Serment du Jeu de Paume. (A. ROUSSEAU.)	85
Le Portrait des Rois. (A. ROUSSEAU.)	89
L'Égalité, ode sur les événemens du 10 août 1792. (TROUVÉ.)	93
Hymne des Marseillais. (ROUGET DE LISLE.)	98
Hymne à la Victoire. (CHÉNIER.)	102
Imitation de l'hymne des Marseillais.	104
Stances à l'Être suprême. (DUSAUSOIR.)	107
Offrande à la Liberté. (DUSAUSOIR.)	111
Hymne à la Liberté. (CHÉNIER.)	113
Hymne à l'Être suprême. (DESORGUES.)	115
Hymne aux Républicains.	117
Le Bonnet de la Liberté.	123
Hymne à la Raison. (J. CHÉNIER.)	125
Ode patriotique sur les événemens de 1792. (LEBRUN.)	127
Le cri de mort contre les Rois (ROUSSEAU.)	138
L'inutilité des Prêtres. (PIIS.)	141
La Versaillaise, et la suite.	146
Les Rois de France.	150
Strophes à l'Être suprême. (DE VALCOURT.)	153
Ode révolutionnaire. (THÉVENEAU.)	156
Dévoûment de la première Requisition. (DAVRIGNY.)	160
Ode à la Liberté. (VIGÉE.)	163
Hymne à la Liberté. (ROUGET DE LISLE.)	169
Hymne à la Raison. (Idem.)	172
Hymne patriotique pour la réunion républicaine. (ROUGET DE LISLE).	177

TABLE 375

Pages.

1. Ode républicaine. (LEBRUN.)   179
2. Ode   Idem.   184
3. Ode.   Idem.   192
Couplets chantés au Temple de la Raison. (CLOUZET.) 199
A l'Éternel. (PHILIPPON.)   203
Anniversaire du 14 Juillet. (LÉGAY DE Saint-Omer) 205
Le Français libre.   207
Le salpêtre républicain.   211
Le Chant du Départ. (CHÉNIER.)   213
Le Vaisseau le Vengeur. (PARNY.)   217
Hymne patriotique à l'Éternel. (SAINT-ANGE.)   221
Hymne à l'Être suprême. (CHÉNIER.)   225
Épître de George, roi d'Angleterre, à celui de Prusse.
    (ARMAND CHARLEMAGNE.)   230
La prise de Toulon. (LA HARPE.)   236
Anniversaire du 14 Juillet. (CARRÉ,)   238
1. Les Héros du Vengeur. (ROUGET DE LISLE.)   240
2. Hymne du 10 germinal. (DÉSORGUES)   245
3. La bataille de Fleurus. (LEBRUN.)   249
4. La reprise de Toulon. (CHÉNIER)   253
5. Hymne aux citoyens morts pour la Patrie.(MOLINES.) 256
Chant dithyrambique. (LEBRUN)   257
Chant d'une esclave affranchie. (COUPIGNY.)   260
Hymne chanté à la fête de Barra et de Viala. (DAVRIGNY.) 262
Hymne à Dieu. (DÉSAUGIERS.)   264
Hymne à Jean-Jacques Rousseau. (J. CHÉNIER.)   267
Évacuation du territoire français. (LA HARPE.)   271
Chant du 10 août. (CHÉNIER.)   276
Chant du Retour.   Idem.   279
Anniversaire du 18 fructidor. (LEBRUN TOSSA.)   283
Chant des Vengeances. (ROUGET DE LISLE.)   285

376   TABLE.

	Pages.
Chant du 1er vendémiaire an VII. (CHÉNIER.)	288
Ode nationale contre l'Angleterre. (LEBRUN.)	292
L'Expédition contre l'Angleterre. (DAVRIGNY.)	297
Ode sur les dangers de la Patrie. (LEBRUN.)	304
Le vieillard d'Ancenis. (CHÉNIER.)	309
La Liberté des mers. (LEFEBVRE.)	316
La bataille de Marengo. (LEBRUN.)	321
Chant du 1er vendémiaire an IX. (ESMÉNARD.)	325
Campagne de l'an XIV. (M. P. F. TISSOT.)	330
Ode sur la bataille d'Iéna. (DORANGE.)	339
Entrée des Français dans Rome.	346
La veille d'Austerlitz. (*Dius Antony* RÉNAL.)	349
Messénienne sur la bataille de Waterloo. (Casimir DELAVIGNE.)	351
La Pologne en France.	357
Le voyage de la Liberté.	359
Un Vétéran au drapeau national.	361
Ode à la grande armée. (P. LEBRUN.)	363
La Varsovienne. (Casimir DELAVIGNE.)	369

FIN DE LA TABLE.

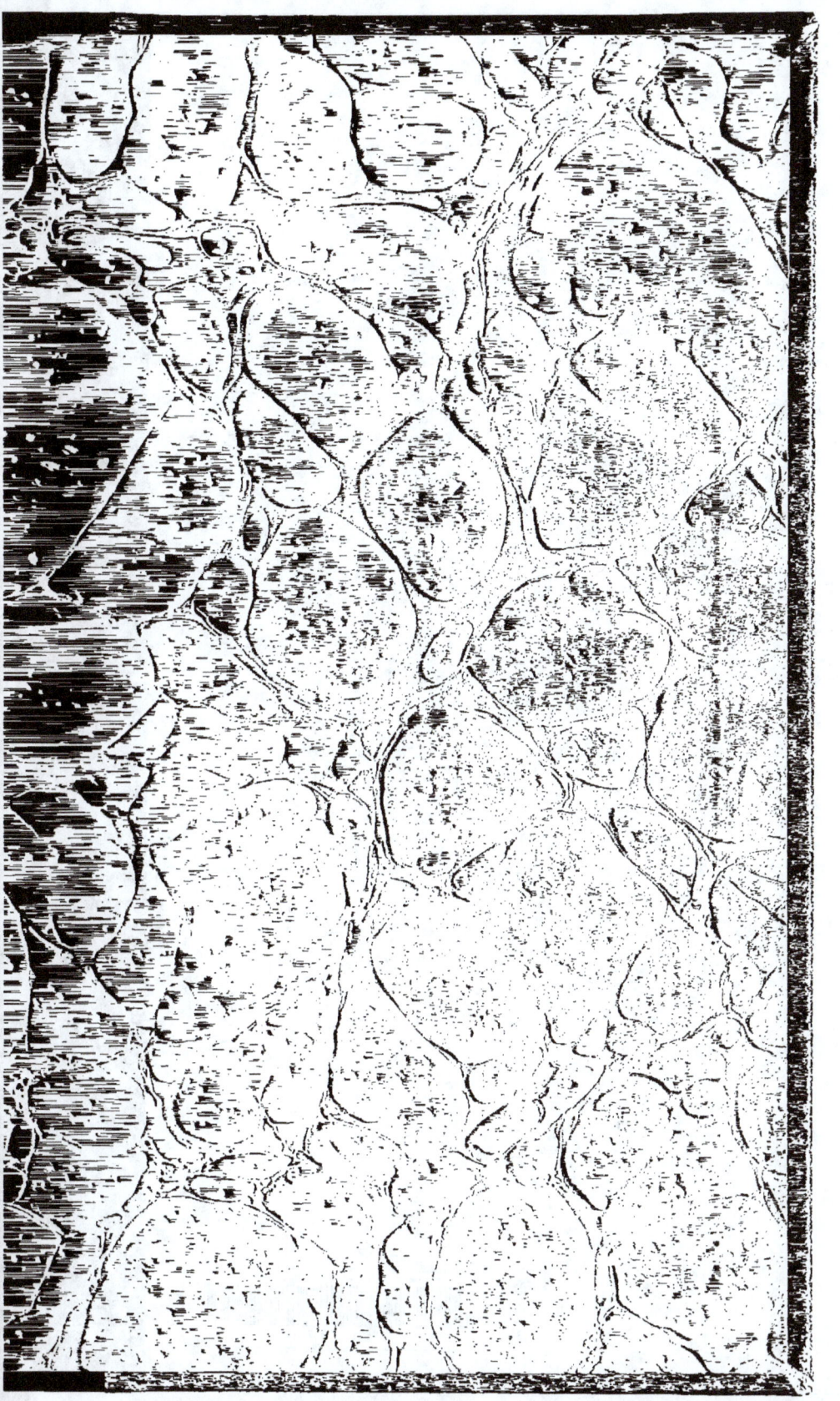